中华

ZHONGHUA HUN

魂

U0726720

百部爱国故事丛书

开民智以报国
普新知而图强

——戊戌变法思想家梁启超

李 萌 李 灿 编著

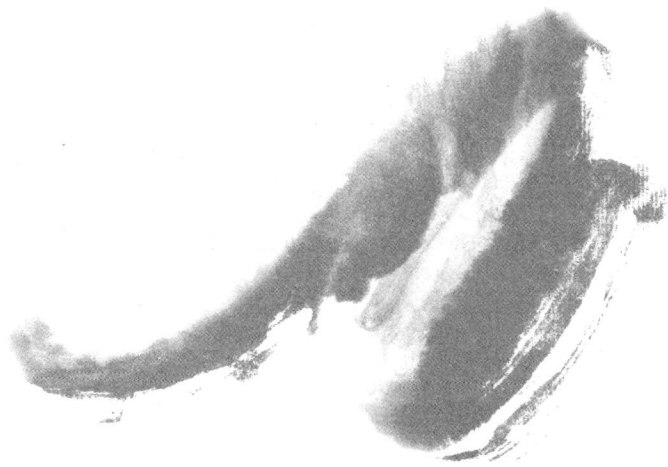

吉林人民出版社

图书在版编目（CIP）数据

开民智以报国 普新知而图强：戊戌变法思想家梁启超 / 李萌，李灿编著 . -- 长春：吉林人民出版社，2011.3（2021.8 重印）

（中华魂·百部爱国故事丛书）

ISBN 978-7-206-07487-5

Ⅰ . ①开… Ⅱ . ①李… ②李… Ⅲ . ①故事 – 中国 – 当代 Ⅳ . ① I247.8

中国版本图书馆 CIP 数据核字 (2011) 第 031962 号

开民智以报国 普新知而图强
——戊戌变法思想家梁启超
KAI MIN ZHI YI BAOGUO PU XIN ZHI ER TUQIANG
——WUXU BIANFA SIXIANGJIA LIANGQICHAO

编 著：李 萌 李 灿
责任编辑：门雄甲　　　　封面设计：孙浩瀚
制 作：吉林人民出版社图文设计印务中心
吉林人民出版社出版 发行（长春市人民大街7548号 邮政编码：130022）
印 刷：北京一鑫印务有限责任公司
开 本：787mm×1092mm 1/16
印 张：8　　　　字 数：64千字
标准书号：ISBN 978-7-206-07487-5
版 次：2011年3月第1版 印 次：2021年8月第2次印刷
定 价：35.00元

总　序

　　《中华魂》是一套故事丛书。它汇集了我国自鸦片战争以来一百八十余年间的近百位民族英雄、仁人志士、革命领袖、先进模范人物的生动感人事迹，表现了他们作为中华儿女的伟大的爱国主义精神。

　　爱国主义是人们对于"生于斯、长于斯、衣食于斯"的祖国的一种神圣感情，是人们对于自己民族的一种强烈的责任感和使命感，是感召和激励整个中华民族的一面永不褪色的旗帜。在一百多年的中国近现代史上，爱国主义一直激励着中华儿女为祖国的独立、统一、进步和繁荣而英勇奋斗。从"苟利国家生死以，岂因祸福避趋之"的林则徐，到"我自横刀向天笑，去留肝

魂

胆两昆仑"的谭嗣同;从"铁肩担道义,妙手著文章"的李大钊,到"青春换得江山壮,碧血染将天地红"的赵一曼;从"县委书记的好榜样"的焦裕禄,到"问鼎长天,扬我国威"的邓稼先……都表现出了强烈的爱国主义精神。正是由于热爱祖国的人们前仆后继地奋斗,国家和民族才得以生存,才能够在一次次历史危急关头转危为安,走向兴盛和富强,从而屹立于世界民族之林。爱国主义是鼓舞中华儿女历经忧患、跨越沧桑、百折不挠、自强不息的伟大力量,它贯穿于中华民族的整个历史,并有力地凝聚着五洲四海的中国人。

爱国主义是一个历史的范畴,在社会发展的不同阶段、不同时期有不同的具体内容。革命时期,需要我们为祖国的独立自主出生入死;建设时期,需要我们为祖国的繁荣富强增砖添瓦。在全国各族人民团结一心,开启全面建设社会主义现代化国家新征程的今天，我们要争做一名新时期的爱国者。新时期的爱国者要有强烈的民族自尊心、自豪感。民族自尊心、自豪感是任何时期、任何爱国者都必须具备的情感。民族自尊心能增强我们自立向上的恒心，民族自豪感能树立我们建设祖国的信心。要树立"祖国高于一切"的崇高信念，为了祖国和人民的利益不惜抛却个人的利益，甚至不惜牺牲个人的生命。我们要树立终身学习的理念，拓宽自己的知识面，广泛吸收新知识、新技术，完善自身的知识结构，更新学习知识的方法与理念，从思想上、知识上充分武装自己，为祖国的繁荣昌盛贡献力量。

爱国主义思想的继承和发扬，是关系到民族盛衰、国家兴亡的根本问题。爱国主义思想情操的形成，需要不断地培养。培养爱国主义精神的一个重要途径是向英雄人物和典范事迹

魂

学习和致敬。这套丛书的出版,对于青少年向英雄和先进人物学习,特别是对于在中小学生中进行爱国主义教育是不可多得的生动的教材。祝愿此书出版发行成功,为培养时代新人做出贡献。

胡维革

中华魂 百部爱国故事丛书

"故今日之责任，不在他人，而全在我少年。少年智则国智，少年富则国富，少年强则国强，少年独立则国独立，少年自由则国自由，少年进步则国进步，少年胜于欧洲则国胜于欧洲，少年雄于地球则国雄于地球。"

　　　　　　　　　　　　　　——梁启超

目　录

中华魂 百部爱国故事丛书
ZHONGHUA HUN

南国的少年英才

梁启超

少年梁启超是一个聪明绝顶的天才：四五岁就读完了《四书》《诗经》；6岁在父亲教导下，五经卒业；8岁，除经学外，还读《史记》《汉书》《纲鉴易知录》《古文辞类纂》等典籍；9岁，能做千言的文章；12岁，便考中首榜中秀才，被乡人称为"神童"。

"有人在平地，看我上云梯"

一天，梁启超爬上竹梯玩耍。祖父怕他有危险，望着梁启超急叫："快下来，快下来！会跌死你的……"梁启超看见祖父急成那样子，竟又往上再攀一级，还冲口念出两句："有人在平地，看我上云梯。"祖父不由开心大笑，感到乖孙非比寻常。

001

——戊戌变法思想家梁启超

开民智以报国 普新知而图强

"堂前悬镜，大人明察秋毫"

梁启超 10 岁那年，跟父亲入城，夜里住在秀才李兆镜家。李家正厅对面有个杏花园，梁启超第二天早晨起来便走到杏花园玩耍，但见朵朵带露杏花争奇斗艳、十分可爱，便偷偷地折下一枝，遮掩在宽阔的袖筒里。忽然，梁启超听到脚步声由远而近，原来他的这一微妙之举，恰恰被教子甚严的父亲和朋友的家人看在眼里。梁启超急忙将杏花藏于袖里，但仍被父亲看见了。父亲不好意思在朋友面前责怪儿子，便以对对联的形式来处罚他。父亲吟上联："袖里笼花，小子暗藏春色。"梁启超仰头凝思，瞥见对面厅檐挂着的"挡煞"大镜，即念出下联："堂前悬镜，大人明察秋毫。"李兆镜拍掌叫绝，于是道："让老夫也来考一考贤侄，'推车出小陌'，怎样？"梁启超立刻对上："策马入长安。""好！好！"李兆镜连声赞。在欢悦的气氛中，父亲原谅了梁启超的过错。

"饮茶龙上水，写字狗耙田"

一天，梁启超家里来了一位客人，当时正在厅里与父亲谈着什么。梁启超从外面玩得满头大汗走进来，从茶几上提起茶壶斟了一大碗凉开水正想喝，却被客人叫住了。"启超，你过来"，客人说，"我知道你认识很多字，我来考考你"。客人见茶几上铺着一张大纸，提笔便以狂草写了一个"龙"字，并说道："你读给我听。"梁启超看了一眼，摇摇头。客人哈哈大笑。梁启超没理他，一口气喝了摆在茶几上的那碗凉开水。客人看了又哈哈大笑，说道："饮茶龙上水。"梁启超用右衫袖抹一下嘴角，回答说："写字狗耙田。"梁启超的讥讽让父亲尴尬，正要惩罚他，客人说："令公子对答公整，才思敏捷，实在令人惊异。"

"我欲问苍天，苍天长默默"

梁启超的故乡新会茶坑村有座小山，叫坭子山，山上有座塔，叫坭子塔，又叫凌云塔。梁启超的老家就在坭子塔山下，童年的梁启超时常和小朋友爬上凌云塔望风景。一天，梁启超写了一首诗给祖父看。诗是这样的："朝登凌云塔，引领望四极，暮登凌云塔，天地渐昏黑。日月有晦明，四时寒暑易。为何多变幻？此理无人识。我欲问苍天，苍天长默默。我欲问孔子，孔子难解释。搔首独徘徊，此时终难得。"这就是梁启超11岁时写的《登塔》诗。

中秀才后，梁家更是对他寄予厚望，极力培养，送他到广州深造。15岁时，梁启超进入当时广东省的

最高学府——学海堂学习。这一年，他还是菊坡精舍、粤秀、粤华书院的院外生，这三院与学海堂齐名。广州五大书院，梁同

广东江门梁启超故居

时就读四院，精力之旺盛非常人所能比。在梁启超的身上，似乎潜藏着一股巨大的学习热情，他求知欲、创新欲极强，学一门爱一门，一头扎进去，孜孜不倦，务求有心得、有造诣，总能学有所成。

　　17岁的时候，梁启超结识了康有为，从此人生道路发生了极大的转变。二人见面之后，聊了好几个时辰，梁启超后来追忆这段往事时说，康有为以"大海潮音，作狮子吼"（佛教用来形容佛祖说法时的词语）为开端，问询梁启超。沉思过后，梁启超认识到，以前所学的不过是应付科举考试的敲门砖而已，根本不是什么学问。于是，梁启超退出学海堂，拜康有为为师。从此，梁启超在康有为的引导下，尽舍训诂之学，接受康有为的维新变法思想与政治主张，逐渐成长为康有为的左膀右臂，史称"康梁"。

维新变法的领袖人物

跨出重要的一步

在变法维新的活动中，康有为最得力的助手是他的学生梁启超。人们在谈到戊戌变法时，往往把大力鼓吹维新的梁启超的名字和康有为的名字并提，称之为"康梁变法"。由此可见梁启超在戊戌变法中的重要地位。

1873年（清同治十三年），梁启超出生于一个地主家庭。他从小天资聪颖，童年时就能写一手很漂亮的文章。12岁中秀才，15岁考中举人，真可以说是少年得志。但是，梁启超并不因为自己在学习上的顺利而停步不前，还是继续钻研中国古代文化，并对当时很时髦的解释古文字义的学问——训诂学，打下了

康有为

开民智以报国 普新知而图强
——戊戌变法思想家梁启超

很深的根底。

18岁那年，他去北京会试落选，回来路过上海，在书店里买到一本名为《瀛环志略》的书。这本书的内容是讲世界地理的。他读了以后，眼界大开。书中介绍的世界各国的情况虽然还很简单，却是他从来不知道的。这使他感

《瀛环志略》

到，原来以为自己学问已经很好，满腹经纶，可是世界之大，自己不知道的东西太多了，要学的东西还多着呢。

在书店里，梁启超还翻阅了上海制造局翻译的一些介绍西方文化的书籍。他虽然没有钱把这些书都买下来一一研读，可是这次初步接触了介绍西方世界的书，已使他对西方的新知识发生了浓厚的兴趣。

回到广州后，梁启超又在学海堂里学习。这年秋天，康有为从北京回到广州。康有为在北京写过《上皇帝书》，虽然此书被扣押了没有送达到清廷的权力中心，但在北京知识界中已出了名。梁启超在北京时就已知道康有为上书皇帝的事，现在听说他也回到广州，

很想结识结识。于是通过学海堂一个同学的介绍，找到康有为讨论学问。

梁启超对自己所学到的旧知识是很自信的。虽然西方世界那套新知识他知道得不多，可是对于中国传统的学问，自认为很有根底。因此在和康有为交谈时，滔滔不绝地谈起训诂学来。梁启超以为，康有为即使不佩服自己，总也得承认自己根底不薄。不料，康有为的话完全出乎他意料之外。康有为一句称赞他的话也没有，反而说他学的全是些陈腐没用的旧东西。梁启超觉得当头给浇了一盆冰水，当头挨了一棒，心中不服，竭力辩解。可是，康有为比他更健谈，滔滔不绝地说明这套旧东西没有用的道理。梁启超越听越觉得康有为思想深刻，见解独到，所说的都是自己过去想也没有想过的，不禁为之折服。

这天，两人越谈越投机，时间也就不知不觉地溜过去。从早上七八点钟一直谈到晚上九十点钟，还没有结束。因为时间太晚了，梁启超只得告辞。这一夜，梁启超通宵没有睡着。他把康有为的话想了又想，觉得极有道理。第二天，他又去见康有为。这次见面后，他不像昨天开始时那样侃侃而谈了，而是虚心地向康有为表示，决心抛弃过去所学的那些无用的学问，拜康有为做老师，重新学起。

这对于一直一帆风顺而自信的梁启超来说，可不是一件容易的事。但是，他终于跨出了这重要的一步。从此，他退出学海堂，跟康有为研究中国几千年来的学术根源和历代政治的沿革。

1891年，康有为在广州设立万木草堂，进行变法思想的讲学。梁启超在这里学了3年，接受了康有为的变法思想，还帮助康有为写了《新学伪经考》和《孔子改制考》这两部著作。

积极推动变法运动

1895年4月，22岁的梁启超和37岁的康有为一起，再次在北京应试。当时清政府正和日本谈判卖国的《马关条约》。康有为决心再次上书皇帝。他想趁广东

清政府签订《马关条约》

省举人聚集北京时，联络更多的人一起上书。这个联络任务由梁启超担当起来。在他的鼓动下，190名广东省的举人一起上书皇帝，要求拒绝签订卖国条约。湖南省的举人知道了，也参加了进来。

康有为见其他省的举人也有这个志向，便要梁启超再去联络各省举人。梁启超很快奔走联络了各省1 000多名举人，集会决定上书皇帝，要求变法自强，并推举康有为起草。康有为起草好奏稿后，又由梁启超抄送各省举人传阅。这次上书虽然仍没有送到光绪皇帝手里，但1 000多名举人联名上书，造成了广泛的舆论，使变法运动的声势壮大了起来。

这年8月，康有为和文廷式在北京组织了强学会。这个学会的主要任务是翻译和印刷外国的书籍，发行报纸，办图书馆、博物院。梁启超担任了学会的书记员。强学会出版的刊物《中外纪闻》，每2天发行1期，梁启超担任这个刊物的编辑。刊物每期往往只有一篇文章，经常由梁启超执笔撰写。他利用写文章制造舆论，积极推动变法运动。

这个刊物随着政府的公报，每天送给清政府的大官。梁启超的文章因此而每天被这些大官读到。他介绍的外国情况和主张的改良主义思想，影响了一部分官员。1896年1月，清政府下令封闭强学会，《中外纪

开民智以报国　普新知而图强

闻》也被迫停刊。

梁启超失去了一个写文章的阵地。但是，几个月来，他写的文章文笔流畅，论理有力，已经出了名。所以，《中外纪闻》停刊后，在上海的强学会会员黄遵宪等人请梁启超到上海去，担任他们创办的《时务报》的主笔。梁启超赶到上海后，经过8个月的筹备，终于创刊了《时务报》。

这个刊物每10天出版1册。因为出刊的间隔时间长，使梁启超有充裕的时间，写出更有说服力的文章来。他认真思考，埋头写作，在《时务报》上先后发表了《变法通议》《论报馆有益于国事》《古议院考》《论中国积弱由于防弊》《论君政民政相嬗之理》等文

北京强学会遗址

公车上书发起人之一梁启超

章。他在文章中有力地批驳了封建保守思想，系统地宣传了变法思想，是对变法维新的重要贡献，在当时的知识分子中产生了很大的影响。

在《变法通议》这篇文章中，梁启超宣传了"法者天下之公器，变者天下之公理"的观点，认为中国封建制度必须改变。当时，保守的清王朝一直宣称，祖宗制定的法是不可以改变的。梁启超在文章中反驳说，当今的清政府自己也在不断改变法制，因此祖宗制定的法不是不可变的。他还认为，"变亦变，不变亦变"。如果清政府不主动变法，国家就会遭到外国的瓜分，这样就不堪设想了。

在其他一些文章中，梁启超发挥了民权思想。他认为，民主政治是人类历史上的新事物，它在中国一定要实现。根据西方国家的民权理论，他提出了人有自主之权。一个人只要为国家尽了义务，就应该得到权利。民权是否能保证，是一个国家能否兴旺发达的关键。因为只有有了民权，才能够"合千百万人为一人为一心"，国家才能强盛起来。因此，政府不应该以

——戊戌变法思想家梁启超

开民智以报国 普新知而图强

"防弊"的理由，干涉个人的自由和权利。

在提倡民权的同时，梁启超又批判了封建专制政体。他在文章中说，国家政权应该是国民公共的财产，而不应该是皇帝、宰相的财产。所以历史上实行专制、压制民权的帝王都是"民贼"。在封建专制政权下，在封建思想控制下，梁启超能写出这样的反封建的文章来，是十分了不起的。这些文章，确实起了打击封建专制统治、传播资产阶级民主主义的作用，积极地推动了变法运动。

梁启超的文章思想新颖，能给人启发，而且写得很有说服力，文采也极好，所以当时的知识分子都很爱看。《时务报》发行的数量，很快达到一万多份，成了当时中国报刊中发行量最大的一份刊物。由此也可

以看出，梁启超文章的影响之大。

梁启超在上海除了主编《时务报》外，还编了一套介绍西方国家政治经济理论的书籍，叫《西政丛书》。此后，梁启超又和康有为的弟弟一起，创办了大同译书局，出版了许多宣传改良主义的

书籍。康有为的《孔子改制考》，就是这个译书局出版的。梁启超还和别的改良主义人士发起成立不缠足会，创办女学堂，为妇女解放做了不少开创性的 工作。

梁启超的文章和活动，积极地推动了上海的变法运动，使上海成了全国改良主义活动的中心。原来支持改良派的两江总督张之洞，害怕这种生气勃勃的景象继续发展下去。他尤其不能容忍梁启超宣传的民权学说，所以转而反对变法维新，要《时务报》经理汪康年对梁启超的文章进行干涉。汪康年本来就是张之洞的幕僚，只能听从张之洞的指示。梁启超觉得自己的思想不能表达，无法忍受，于1897年冬脱离了《时务报》，到长沙去了。

梁启超去长沙是有原因的。当时湖南巡抚陈宝箴倾向维新，请梁启超到上海办《时务报》的黄遵宪，也在湖南当按察使（司法长官）。黄遵宪依靠一批进步的青年知识分子，已经实行了一系列的政治改革措施。这些青年知识分子的带头人，名叫谭嗣同。梁启超来到湖南后，谭嗣同等人十分高兴，请他担任长沙时务学堂的中文总教习。

梁启超上任后，拟定了"学约"10章，目的是使学生既能学到古今中外的广博知识，又能具备变法维新的坚强意志。他除了白天讲课4小时外，晚上还要

开民智以报国 普新知而图强

批改学生的作业。

除了在时务学堂教课外，梁启超还参加了湖南改良主义团体南学会的活动。当知道陈宝箴在积极进行改革时，便上书向他提出了"兴民权"的建议。这个建议是根据他在上海宣传的民权学说提出的。其中写道，兴民权是世界大势所趋，只要能兴民权，国家就决不会灭亡。

但是，湖南不仅改良主义者活跃，封建势力也十分强大。保守派对梁启超的活动十分痛恨，到处张贴传单，散布流言蜚语，污蔑梁启超宣传的是不要皇帝、不要父亲的"邪说"，是要把学生引入歧途，成为"乱党"。这些保守派很有势力，连陈宝箴也不敢得罪他们。几个月后，时务学堂在保守派的攻击下被迫停办。梁启超不仅兴民权的建议不能实施，活动也很难进一步开展。在长沙逗留了一年后，他又回到了上海。

最后的努力

在梁启超回到上海前不久，康有为因德国强占中国胶州湾赶到北京，又上书清朝皇帝请求变法，并且联络在京的各省人士，准备组织学会，以推动变法。梁启超到上海得到这个消息后，立即来到北京与康有为会合。

梁启超一到北京，就协助康有为联络有改良主义思想的一些官员，组织了一个保国会。保国会的政治倾向比过去的强学会要明显，在一些省，甚至府、县也设立了分会。此外还有一套组织章程，规定了总会和分会的权限、发展会员的办法和会员的权利。因此，保国会已经带有政党的性质。

康有为撰《孔子改制考》（21卷）

正因为保国会具有政党的性质，清政府不能容忍。它只开了3次会，就在清政府的压力下无形解散了。

但是，康有为的上书得到光绪皇帝的赞赏。1898年6月11日，光绪帝下了"明定国是"的诏书，决心变法。光绪皇帝召见了康有为和梁启超，直接听取他们的意见，

开民智以报国 普新知而图强
——戊戌变法思想家梁启超

下了许多道变法的命令。那些参加过保国会的官员，这时也都积极行动起来。光绪皇帝还特地派梁启超负责办理大学堂和译书局的工作。梁启超为维新变法作出了最大的努力。

但是，光绪皇帝并无实权，康有为、梁启超和那些赞成变法的官员也都职位低、权力小。清政府中的保守势力，不仅都是有实权的大官，而且有慈禧太后作为后盾。所以，变法进行了100天，慈禧太后就发动政变，囚禁了光绪皇帝，抓了许多改良派成员。康有为得到消息后离开北京，途经香港、去往日本避难。梁启超也由日本驻华公使林权助用专车送到塘沽，再乘日本兵舰到达东京。

虽然变法运动失败了，但是梁启超在后来袁世凯背叛民国、宣布实行帝制时，积极参加了反袁斗争，动员他的学生蔡锷到云南去发动反袁斗争。

此后，梁启超便集中精力从事学术和文学活动。他的这些活动，对打击封建的旧史学和推动口语化的近代文体，起了很大的促进作用。

思想启蒙的精神导师

敢于"师敌长技"

1899年冬，梁启超漫步东京上野。适逢日本军营新兵入伍、老兵退役交替之际，亲友迎送，"满街红白之标识相接"。而最震撼其心魄的，还是其间为入营者题写的标语——"祈战死"。

梁启超感慨系之："中国历代诗歌皆言从军苦，日本之诗歌无不言从军乐。"当时日本的报刊上，为配合军事行动，曾广泛开展了有奖征集歌词的活动，这当

康有为、梁启超 1898 年作行书横披（手卷）

开民智以报国 普新知而图强

——戊戌变法思想家梁启超

然是为其对外扩张作宣传的。所以，对这一代晚清志士而言，接触日本军歌必定是痛苦的阅读经验，而可贵处，在于他们的"师敌长技"的坚忍不拔。梁启超的学生蔡锷不仅全篇抄录了由王韬翻译的德国的《祖国歌》，而且标举日本音乐教育情况以为示范："日本自维新以来，一切音乐，皆模法泰西，而唱歌则为学校功课之一。然即非军歌军乐，亦莫不含有爱国尚武之意。听闻之余，自可奋发精神于不知不觉之中。"

此论为黄遵宪所见，深受启发，因此决心补阙，当即作《军歌》24章。梁启超初时只得其中的"出军歌"4章，已大为兴奋，迫不及待地刊发于同年11月问世的《新小说》创刊号上。

1905年，横滨大同学校学生欲演出新剧，请梁启超操笔。梁启超撰《班定远平西域》6幕，其中第5幕《军谈》，几成军歌演唱会。剧中汉朝士兵唱过广东《龙舟歌》的新词，又搬来军乐队，高唱《从军乐》。作词与唱歌者的目的都很明确，即"提倡尚武精神"。《从军乐》全篇12章，可与黄遵宪的《军歌》媲美。末章歌词如下：

　　从军乐，告国民：世界上，国并立，竞生存。献身护国谁无份？好男儿，莫退让，发愿

做军人。

　　从军乐，乐凯旋：华灯张，彩胜结，国旗悬。国门十里欢迎宴。天自长，地自久，中国万斯年。

　　值得注意的是，梁启超与黄遵宪所作歌词中，都含有"爷娘妻子走相送"的描写，且都置于相当突出的地位。梁启超作表述："从军乐，初进营。排乐队，唱万岁，送我行。父娘慷慨申严命，弧矢悬，四方志，今日慰生平。"

　　不过，与杜甫《兵车行》中"牵衣顿足拦道哭，哭声直上干云霄"的悲痛欲绝截然不同，父母妻子都是以"从军乐""沙场死"的豪壮语相激劝。很清楚，这本是基于对送行情景的记忆。

　　晚清志士梁启超正是企望确立为国捐躯的强军意

识，使中国在强敌环伺、弱肉强食的危境中，得以发愤图强，反败为胜。

内心深处的革命火种

变法之前，梁启超的主要见解皆来自于康有为，梁启超用他那充满感情的笔，阐发康有为广杂、高深的思想，从而使"君主立宪"深入人心。变法失败后，梁启超亡命日本，思想开始倾向于革命。

这段时间，他与同在日本的孙中山、陈少白等革命党人的来往开始密切，有时甚至在三更半夜还拥被长谈，结果便有了合作组党的计划。为实现这一计划，梁启超甚至召集其他同学，联名致函康有为，劝其退休。康有为得知梁启超倾向革命的思想之后，非常生气，立即严令其离开日本，到檀香山办理保皇会事宜，并斥责其倡导革命的错误。由于多年来，梁启超已养成了对康有为的敬意和畏惧，他只得答应悔改，谨遵师命。但在内心深处，梁启超并未抑制住对革命的信仰。

正当他徘徊在改良和革命之间的时候，他的思想又开始发生转变。戊戌变法的悲惨结局和对西方启蒙思想家的深入研究，让梁启超更加深刻地认识到：只变枝叶不变本原是万万不行的，而"民德、民智、民

鸣周仁兄

呼龍耕煙騎鯨橄海
封駝取酒火鳳驚猪

乙丑端午 梁启超

梁启超楷书八言联

力，实为政治、学术、技艺之大原"。政治制度只是枝叶，其背后实际有一种更广的文化支持，具体表现为国民素质或曰"国民性"。因此，他提出要改造"国民性"，造就"新民"，并以"中国之新民"作为自己的笔名，创办了《新民丛报》。

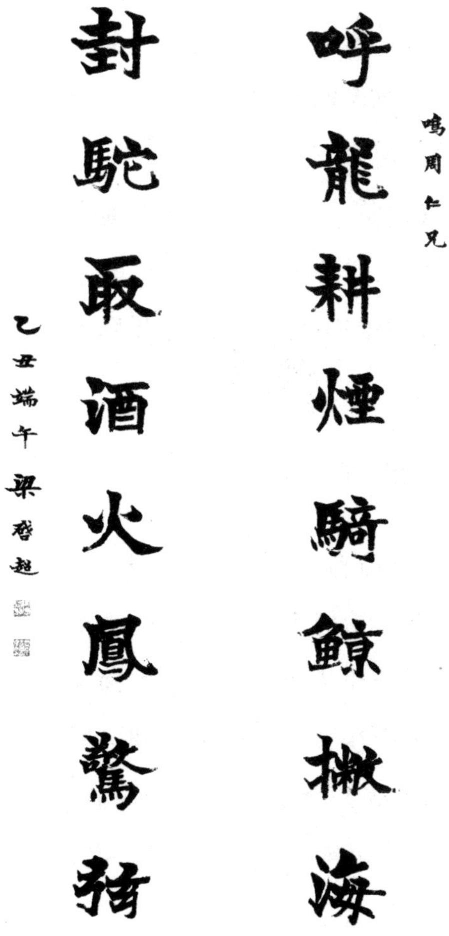

在《新民丛报》上，梁启超发表了约11万字的总题为《新民说》的系列文章，连载4年。该报发行量最高达14000份，且每册一出版，内地就有人一再翻印。据估计，大概每册要经过20人的阅读。

自此，梁氏的思想开始由"政治"转向"启蒙"，一跃而成为近代中国最重要的启蒙思想家。

诚如许纪霖所说："中国的启蒙，非自'五四'起，实乃从《新民说》而始。'五四'的启蒙思想家们，无论是胡适、鲁迅，还是陈独秀、李大钊、毛泽东，在青年时代都接受过《新民说》的思想洗礼……《新民说》可以说是中国启蒙思想的处女地。"

梁启超被誉为"言论界的骄子"，他手里握着那个时代最富有魅力的笔，在历史的转折点，以如火的激情，点燃了一代仁人志士心中的明灯，也由此开启了中华民族的未来。

回归国学

当梁启超在日本大力倡导改造"国民性"的时候，在中国国内，越来越多的人开始把希望转而寄托于革命，而此时梁启超的政治立场却从激进主义变为保守主义。为此，维新派和革命派在《新民丛报》和《民报》展开了大辩论，梁启超被革命派驳得理屈词穷。从此，他把主要的精力转入"开明专制"的研究和实践中。

梁启超之所以不赞同革命、共和，而主张改良、立宪，跟他所倡导的新民思想有着天然的联系。他认为，在中国这样一个"专制的国家"，革命的结果只会造成只具共和形式的民主专制国家。因为，在"民智

谭嗣同（右下）等"戊戌六君子"被杀害，康有为（左上）、梁启超（右上）等人流亡日本，变法失败。

低下"、民众自治自理能力缺乏锻炼的国家，共和会成为一纸空文，仍由强权人物实行君主之实，民众则俯首帖耳甘为奴隶。1917年11月，段祺瑞内阁倒台，梁启超的政治迷梦最终破灭。

"开明专制"的理想破灭后，梁启超决意退出政坛，潜心研究学问，以西学的方法研究中学，他回归了书斋，回归了国学，立志通过国学的研究和传播，在社会上造成一种"不逐时流的新人"，在学术界上造成一种"适应新潮的国学"。具体的方法就是重新提起对传统文化的信心，批判地总结中国古代文化遗产，以西方的方法进行研究，中西结合，"以构成一种不中不西非中非西之新学派"。

这一时期的学术研究，梁启超是从"整理国故"开始的。从欧洲回来之后，他就与胡适等人一起积极参与了整理国故的运动，并成为国粹主义史学派的中坚。梁启超认为："史学为国学最重要部分。"所以他的国学研究，也以史学为第一重头戏。梁启超先后撰写了《清代学术概论》《中国历史研究法》及其补编、《先秦政治思想史》《中国近三百年学术史》等煌煌专著。

"创新变"与"扬个性"

梁启超从当年的拥护光绪帝，到后来的反对宣统帝、对帝制的认识，体现了梁启超思想的不断创新。

梁启超在中国文化史上的创新力，无疑是最出色的思想家之一，1901—1902年，先后撰写了《中国史叙论》和《新史学》，批判封建史学，发动"史学革命"。梁启超的历史学创新，为中国现代历史学奠定了基础。

在思想方面，梁启超早年追随康有为，是不折不扣的改良派、君主立宪主义者，他反对革命、主张改良帝制。但是，梁启超的思想随着时代的进步而改变，直到袁世凯称帝，梁启超依然撰文激烈批判，彻底否

《新民丛报》于1902年在日本横滨创刊，到1907年终刊，共发行96期，该刊由梁启超等主办，为辛亥革命前维新派的重要刊物。

定帝制，拥护共和。到了张勋复辟，老师康有为拥护张勋，迎宣统溥仪复辟，到了这个时候，为了共和体制，梁启超又不惜和老师康有为决裂，坚决反对帝制复辟。因此，无论是学术上，还是个人思想上，创新性始终是梁启超最大的特点。

梁启超重化合，创新变，但梁启超最在乎的，就是"扬个性"。梁启超的文章自成一体，是最大的个性体现。比如，梁启超写道"电灯灭，瓦斯竭，船坞停，铁矿彻，电线斫，铁道掘，军厂焚，报馆歇，匕首现，炸弹裂，君后逃，辇毂塞，警察骚，兵士集，日无光，野盈血，飞电刿目，全球拶舌，于戏，俄罗斯革命！于戏，全地球唯一之专制国遂不免于大革命！"（《俄罗斯革命之影响》1905年）梁启超的文章简单明了、气势如虹、朗朗上口，如排山倒海、如山崩地裂，充满着个性语言。所以，胡适说梁启超的文章"使读者不能不跟着他走，不能不跟着他想"！

启蒙运动的先驱者

梁启超给那个时代的中国带来一股清新的思想源泉。作为启蒙运动的先驱者之一，他把国民性教育视为民族振兴的基础工作，对国人在民族危亡之际表现出的麻木、愚昧，给予猛烈的抨击。

诗人黄遵宪曾对梁启超的文字给出这样的评价："惊心动魄，一字千金，人人笔中所无，却为人人意中所有，虽铁石人亦应感动，从古至今文字之力之大，无过于此者矣。"的确，就是凭借优美的文笔和对中国社会的深刻洞察，再加上梁启超天生具有宣传家的素质，使他在中国舆论界"执牛耳"。

梁启超是一位开风气之先的人物。他的这些思想，通过他的激扬流畅的文笔，影响了一代甚至几代青年，有力地推动了中国的发展和进步。20世纪早期，青年毛泽东极其崇敬梁任公，受"新民说"的启发而创立了"新民学会"；胡适自称"受了梁先生无穷的恩惠"，思想上"不能不跟他走"；郭沫若认为青年学生没有人不"受过他的思想或文字的洗礼"，并称他为新史学的

"开山"；鲁迅弃医从文、推动改造国民性，可以说直接来源于"新民说"。至今，中国学术界关于梁启超的著述仍然方兴未艾，正好印证了梁启超的精神与思想的恒久魅力。

梁启超是近代中国最著名的启蒙宣传家，他所广泛介绍的崭新的人生观、历史观、文艺观对包括鲁迅、郭沫若等在内的一代思想家、革命家、文学家产生了深刻的影响。

漢右扶風
丞掾為武
陽李士休
表殘

表在陝西襃城北石
門著錄家條諸永壽
元年征此獨濾浸不
可辨矢李君之譯武
釋為焉雜不以字下
古體二文之晰
乙丑二月　啓超

此年坊間以阿羅版
景即二誌吾所見數
家無一能及此者蓋
陸劻聞於初出土時
精拓自藏宜其神
采猶絕可此拓出
王孝玉家即入吾手
劻聞有知懂不為攻
釦歎失所歸　啓超

梁启超拓片题签

少年中国说

日本人之称我中国也，一则曰老大帝国，再则曰老大帝国。是语也，盖袭译欧西人之言也。呜呼！我中国其果老大矣乎？任公曰：恶！是何言！是何言！吾心目中有一少年中国在。

欲言国之老少，请先言人之老少。老年人常思既往，少年人常思将来。惟思既往也，故生留恋心；惟思将来也，故生希望心。惟留恋也，故保守；惟希望也，故进取。惟保守也，故永旧；惟进取也，故日新。惟思既往也，事事皆其所已经者，故惟知照例；惟思将来也，事事皆其所未经者，故常敢破格。老年人常多忧虑，少年人常好行乐。惟多忧也，故灰心；惟行乐也，故盛气。惟灰心也，故怯懦；惟盛气也，故豪壮。惟怯懦也，故苟且；惟豪壮也，故冒险。惟苟且也，故能灭世界；惟冒险也，故能造世界。老年人常厌事，少年人常喜事。惟厌事也，故常觉一切事无可为者；惟好事也，故常觉一切事无不可为者。老年人如夕照，少年人如朝阳。老年人如瘠牛，少年人如乳虎。老年人如僧，少年人如侠。老年人如字典，少年人如戏文。老年人如鸦片烟，少年人如泼兰地酒。老年人如别行星之陨石，少年人如大洋海之珊瑚岛。老年人如埃及沙漠之金字塔，少年人如西伯利亚之铁路。老年人如秋后之柳，少年人如春前之草。老年人如死海之潴为泽，少年人如长江之初发源。此老年人与少年人性格不同之大略也。任公曰：人固有之，国亦宜然。

任公曰：伤哉，老大也！浔阳江头琵琶妇，当明月绕船，枫叶瑟瑟，衾寒于铁，似梦非梦之时，追想洛阳尘中春花秋月之佳趣。西宫南内，白发宫娥，一灯如穗，三五对坐，谈开元、天宝间遗事，谱《霓裳羽衣曲》。青门种瓜人，左对孺人，顾弄孺子，忆侯门似海珠履杂遝之盛事。拿破仑之流于厄蔑，阿剌飞之幽于锡兰，与三两监守吏，或过访之好事者，道当年短刀匹马驰骋中原，席卷欧洲，血战海楼，一声叱咤，

梁启超江门故居的塑像

——开民智以报国 普新知而图强

戊戌变法思想家梁启超

万国震恐之丰功伟绩，初而拍案，继而抚髀，终而揽镜。呜呼，面皴齿尽，白发盈把，颓然老矣！若是者，舍幽郁之外无心事，舍悲惨之外无天地；舍颓唐之外无日月，舍叹息之外无音声；舍待死之外无事业。美人豪杰且然，而况寻常碌碌者耶？生平亲友，皆在墟墓；起居饮食，待命于人。今日且过，遑知他日？今年且过，遑恤明年？普天下灰心短气之事，未有甚于老大者。于此人也，而欲望以拿云之手段，回天之事功，挟山超海之意气，能乎不能？

呜呼！我中国其果老大矣乎？立乎今日以指畴昔，唐虞三代，若何之郅治；秦皇汉武，若何之雄杰；汉唐来之文学，若何之隆盛；康乾间之武功，若何之烜赫。历史家所铺叙，词章家所讴歌，何一非我国民少年时代良辰美景、赏心乐事之陈迹哉！而今颓然老矣！昨日割五城，明日割十城，处处雀鼠尽，夜夜鸡犬惊。十八省之土地财产，已为人怀中之肉；四百兆之父兄子弟，已为人注籍之奴，岂所谓"老大嫁作商人妇"者耶？呜呼！凭君莫话当年事，憔悴韶光不忍看！楚囚相对，岌岌顾影，人命危浅，朝不虑夕。国为待死之国，一国之民为待死之民。万事付之奈何，一切凭人作弄，亦何足怪！

任公曰：我中国其果老大矣乎？是今日全地球之

一大问题也。如其老大也，则是中国为过去之国，即地球上昔本有此国，而今渐渐灭，他日之命运殆将尽也。如其非老大也，则是中国为未来之国，即地球上昔未现此国，而今渐发达，他日之前程且方长也。欲断今日之中国为老大耶？为少年耶？则不可不先明"国"字之意义。夫国也者，何物也？有土地，有人民，以居于其土地之人民，而治其所居之土地之事，自制法律而自守之；有主权，有服从，人人皆主权者，人人皆服从者。夫如是，斯谓之完全成立之国。地球上之有完全成立之国也，自百年以来也。完全成立者，壮年之事也。未能完全成立而渐进于完全成立者，少年之事也。故吾得一言以断之曰：欧洲列邦在今日为壮年国，而我中国在今日为少年国。

　　夫古昔之中国者，虽有国之名，而未成国之形也。或为家族之国，或为酋长之国，或为诸侯封建之国，或为一王专制之国。虽种类不一，要之，其于国家之体质也，有其一部而缺其一部。正如婴儿自胚胎以迄成童，其身体之一二官支，先行长成，此外则全体虽粗具，然未能得其用也。故唐虞以前为胚胎时代，殷

广东江门梁启超故居之怡堂书室（内景）

广东江门梁启超故居之仁堂

周之际为乳哺时代，由孔子而来至于今为童子时代。逐渐发达，而今乃始将入成童以上少年之界焉。其长成所以若是之迟者，则历代之民贼有窒其生机者也。譬犹童年多病，转类老态，或且疑其死期之将至焉，而不知皆由未完成未成立也。非过去之谓，而未来之谓也。

且我中国畴昔，岂尝有国家哉？不过有朝廷耳！我黄帝子孙，聚族而居，立于地球之上者既数千年，而问其国之为何名，则无有也。夫所谓唐、虞、夏、商、周、秦、汉、魏、晋、宋、齐、梁、陈、隋、唐、宋、元、明、清者，则皆朝名耳。朝也者，一家之私产也。国也者，人民之公产也。朝有朝之老少，国有国之老少。朝与国既异物，则不能以朝之老少而指为国之老少明矣。文、武、成、康，周朝之少年时代也。

幽、厉、桓、赧，则其老年时代也。高、文、景、武，汉朝之少年时代也。元、平、桓、灵，则其老年时代也。自余历朝，莫不有之。凡此者谓为一朝廷之老也则可，谓为一国之老也则不可。一朝廷之老且死，犹一人之老且死也，于吾所谓中国者何与焉。然则，吾中国者，前此尚未出现于世界，而今乃始萌芽云尔。天地大矣，前途辽矣。美哉我少年中国乎！

玛志尼者，意大利三杰之魁也。以国事被罪，逃窜异邦。乃创立一会，名曰"少年意大利"。举国志士，云涌雾集以应之。卒乃光复旧物，使意大利为欧洲之一雄邦。夫意大利者，欧洲第一之老大国也。自罗马亡后，土地隶于教皇，政权归于奥国，殆所谓老而濒于死者矣。而得一玛志尼，且能举全国而少年之，况我中国之实为少年时代者耶！堂堂四百余州之国土，

梁启超行书词

凛凛四百余兆之国民，岂遂无一玛志尼其人者！

　　龚自珍氏之集有诗一章，题曰《能令公少年行》。吾尝爱读之，而有味乎其用意之所存。我国民而自谓其国之老大也，斯果老大矣；我国民而自知其国之少年也，斯乃少年矣。西谚有之曰："有三岁之翁，有百岁之童。"然则，国之老少，又无定形，而实随国民之心力以为消长者也。吾见乎玛志尼之能令国少年也，吾又见乎我国之官吏士民能令国老大也。吾为此惧！

夫以如此壮丽浓郁翩翩绝世之少年中国，而使欧西日本人谓我为老大者，何也？则以握国权者皆老朽之人也。非哦几十年八股，非写几十年白折，非当几十年差，非捱几十年俸，非递几十年手本，非唱几十年喏，非磕几十年头，非请几十年安，则必不能得一官、进一职。其内任卿贰以上，外任监司以上者，百人之中，其五官不备者，殆九十六七人也。非眼盲则耳聋，非手颤则足跛，否则半身不遂也。彼其一身饮食步履视听言语，尚且不能自了，须三四人左右扶之捉之，乃能度日，于此而乃欲责之以国事，是何异立无数木偶而使治天下也！且彼辈者，自其少壮之时既已不知亚细亚、欧罗巴为何处地方，汉祖唐宗是那朝皇帝，犹嫌其顽钝腐败之未臻其极，又必搓磨之，陶冶之，待其脑髓已固，血管已塞，气息奄奄，与鬼为邻之时，然后将我二万里山河，四万万人命，一举而畀于其手。呜呼！老大帝国，诚哉其老大也！而彼辈者，积其数十年之八股、白折、当差、捱俸、手本、唱诺、磕头、请安，千辛万苦，千苦万辛，乃始得此红顶花翎之服色，中堂大人之名号，乃出其全副精神，竭其毕生力量，以保持之。如彼乞儿拾金一锭，虽轰雷盘旋其顶上，而两手犹紧抱其荷包，他事非所顾也，非所知也，非所闻也。于此而告之以亡国也，瓜分也，彼乌从而听之，乌从而信之！即使果亡矣，果分矣，而吾今年七十矣，八十矣，但求其一两年内，洋人不来，强盗不起，我已快活过了一世矣！若不得已，则割三头两省之土地奉申敬贺，以换我几个衙门；卖三几百万之人民作仆为奴，以赎我一条老命，有何不可？有何难办？呜呼！今之所谓老后、老臣、老将、老吏者，其修身齐家治国平天下之手段，皆具于是矣。西风一夜催人老，凋尽朱颜白尽头。使走无常当医生，携催命符以祝寿，嗟乎痛哉！

詠白吾兄屬集陶

欣以素牘不求甚解
揮茲一觴屢有良遊

癸亥正月 啟超

梁启超所作八言联

开民智以报国 普新知而图强
——戊戌变法思想家梁启超

以此为国，是安得不老且死，且吾恐其未及岁而殇也。

任公曰：造成今日之老大中国者，则中国老朽之冤业也。制出将来之少年中国者，则中国少年之责任也。彼老朽者何足道，彼与此世界作别之日不远矣，而我少年乃新来而与世界为缘。如僦屋者然，彼明日将迁居他方，而我今日始入此室处。将迁居者，不爱护其窗棂，不洁治其庭庑，俗人恒情，亦何足怪！若我少年者，前程浩浩，后顾茫茫。中国而为牛为马为奴为隶，则烹脔鞭棰之惨酷，惟我少年当之。中国如称霸宇内，主盟地球，则指挥顾盼之尊荣，惟我少年享之。于彼气息奄奄与鬼为邻者何与焉？彼而漠然置之，犹可言也。我而漠然置之，不可言也。使举国之少年而果为少年也，则吾中国为未来之国，其进步未可量也。使举国之少年而亦为老大也，则吾中国为过去之国，其澌亡可翘足而待也。故今日之责任，不在他人，而全在我少年。少年智则国智，少年富则国富；少年强则国强，少年独立则国独立；少年自由则国自由，少年进步则国进步；少年胜于欧洲则国胜于欧洲，少年雄于地球则国雄于地球。红日初升，其道大光。河出伏流，一泻汪洋。潜龙腾渊，鳞爪飞扬。乳虎啸谷，百兽震惶。鹰隼试翼，风尘吸张。奇花初胎，矞矞皇皇。干将发硎，有作其芒。天戴其苍，地履其黄。

纵有千古，横有八荒。前途似海，来日方长。美哉我少年中国，与天不老！壮哉我中国少年，与国无疆！

谨记不忘"三十功名尘与土，八千里路云和月。莫等闲白了少年头，空悲切"！此岳武穆《满江红》词句也，作者自6岁时即口受记忆，至今喜诵之不衰。自今以往，弃"哀时客"之名，更自名曰"少年中国之少年"。

开民智以报国　普新知而图强
——戊戌变法思想家梁启超

梁启超游台抒哀愤

1911年3月24日，应台湾爱国青年林献堂热情邀请，梁启超在汤觉顿的陪同下，带着女儿梁令娴，乘日本轮船"笠户丸"号离开了横滨，经马关向基隆航行。这一条路线，是当年日本帝国主义武装占领台湾的路线。梁启超回想当初"公车上书"，爱国救亡，台湾举人涕泣而请命，反对割让台湾，由于清政府的腐

"公车上书"之联合签名

败无能，致使中国台湾沦为日本殖民地，不禁伤愁苦悲哀。

《马关条约》签署地——春帆楼

25日，船泊马关，这里是当年李鸿章在春帆楼被迫签订丧权辱国的《马关条约》之地，康有为有"千古伤心过马关"的诗句。梁启超沉闷地漫步在甲板上，静听海涛拍岸，往事不堪回首。他脱口咏道：

明知此是伤心地，亦到维舟首重回。

十七年中多少事，春帆楼下晚涛哀。

27日，"笠户丸"经浙江温州、台州附近的海面向南行驶，梁启超立于船头，遥望故国，却不见故人招手，连频频飞翔的海鸥也无精打采，不免兴致萧索，轻轻哀叹：

沧波一去情何极，白鸟频来意似阑。

却指海云红尽处，招人应是浙东山。

开民智以报国　普新知而图强

——戊戌变法思想家梁启超

　　"笠户丸"号轮船设备很新，娱乐设施也较完备，无线电、报纸消息十分灵通。当轮船即将到达台湾的前一天，台湾朋友林献堂即发来无线电报，表示台湾人民对祖国维新名士的热烈欢迎。梁启超无限欣喜，又赋一首：

　　　　迢递西南有好风，故人相望意何穷。

　　　　不劳青鸟传消息，早有灵犀一点通。

梁启超塑像

28日，正是梁令娴18周岁生日，父女抵达基隆码头。

日本人在中国台湾实行严酷统治，不许中国人登陆。当梁启超一行抵基隆时，日本警察气势汹汹地厉声盘问，使他们十分气愤。幸好梁启超自日本出发前，从东京有关方面索取了介绍信，才得以登岸。通过此番周折，梁启超第一次尝到了殖民地苛政下非人生活的滋味，心中十分难受。

梁启超自基隆登陆后，林献堂率父老数十人热烈欢迎，随即乘汽车抵达台北市，下榻于日之丸旅馆。4月1日，当地父老出于热爱故国亲人之情，又见日本殖民者的法西斯统治和特务监视，心中有话不能说，不免有"尊前相见难啼笑"之感，声声叹息，暗自落泪。他在席中演说，也不胜伤感。酒席之后，他赋诗四首以表谢意。其中最后一首为：

劫灰经眼尘尘改，华发侵颠日日新。
破碎山河谁料得，艰难兄弟自相亲。
余生饮泪尝杯酒，对面长歌哭古人。
留取他年搜野史，高楼风雨纪残春。

梁启超一字一泪，实在伤心。特别是"破碎山河

谁料得，艰难兄弟自相亲"的字句，内中包含多少辛酸事，引起遗老们泣不成声。

梁启超在游台期间，受到各地诗社诗友的热烈欢迎，纷纷聚会、咏诗，以抒发怀旧、明志的心迹。梁启超在游台期间共写诗89首、词12首。由于特务跟踪监视，梁不能直抒胸襟。诗词充满殖民统治下人民的伤愁哀怨，表面上以写台湾美丽的风光为主，但处处表现出隐痛和对祖国大陆的思念，字里行间无处不是泪。

梁启超在诗词中，把台湾与大陆紧紧地联结在一起："绵绵列岫烟如织，暖暖平畴翠欲流。好似扶筇千步磴，依稀风景似扬州。"（《莱园杂咏》）"且莫秋风怨迟暮，夕阳正在海西头。"（《次韵酬林痴仙见赠》）"最是夕阳无限好，残红苍莽接中原。"（《莱园杂咏》）

最为突出的是，梁启超着重写出了台湾人民对祖国大陆的思念之情。他以《相思树》为题写道："终日思君君不知，长门买赋更无期。山山绿遍相思树，正是江南草长时。"台湾的山水与大陆江南的草木绿成一片，紧密相连。

最有代表性的是他改编台湾民歌而成的10首《台湾竹枝词》，写恩爱夫妻难分难舍的情景。这首词借女子对郎君的思念，隐喻台湾民众对大陆同胞的血肉情谊，其中前五首写道：

郎家住在三重浦，妾家住在白石湖。
路头相望无几步，郎试回头见妾无。

韭菜开花心一枝，花正黄时叶正肥。
愿郎摘花连叶摘，到死心头不肯离。

相思树里说相思，思郎恨郎郎不知。
树头结得相思子，可是郎行思妾时。

手握柴刀入柴山，柴心未断做柴攀。
郎自薄情出手易，柴枝离树何时还？

郎捶大鼓妾打锣，稽首天西妈祖婆。

今生够受相思苦，乞取他生无折磨。

这几首诗，十分巧妙地描写了女子与郎君分离、相思的痛苦，表现了台湾人民热望与祖国大陆团圆的强烈愿望。"今生够受相思苦，乞取他生无折磨"，令人不忍卒读！经过梁启超精心加工的《台湾竹枝词》，是他爱国情思的自然流露，反映了海峡两岸人民要求统一的共同心声。

4月底，梁启超怀着满腹悲愤与无量隐痛，离开台湾。在"赞歧丸"号海轮上，他在给《国风报》编辑的信中谈到他的游台观感，"归舟所满载者哀愤也"。他西望故国，政府无能，江河日下，真是不寒而栗。在航行中，他又写了20多首充满伤愁悲哀的诗词。其中第一首写道：

千古伤心地，畏人成薄游。

山河老旧影，花鸟入深仇。

入境今何世，吾生淹此流。

无家更安往，随意弄扁舟。

他在《浣溪沙台湾归舟晚望》这首词里，更集中地表达了游台的失望及哀愤心情。他站在甲板上，远望"老地荒天","海门落日",近观巨浪澎湃,心情沉重,游台后的惆怅、哀伤、愤恨一涌而上,不禁低声咏道:"凭舷切莫首重回"。

梁启超此次访台的最大收获,是以诗歌形式,宣传了爱国主义,增强了台湾同胞的民族民主意识。同时,也帮助林献堂确定了温和主义的斗争策略。在梁启超的影响下,林献堂、林幼春等成为台湾民族民主运动的重要领导人物。他的第二个收获是亲眼看到了日本统治中国台湾的真相,加深了他对帝国主义殖民统治的认识和仇恨。

继来经岁遂尔阁置
除夕无俚辄用写报
书柿能工聊存影事
云尔四弟 启超
公立

梁启超致公立信札

梁启超的师友之道

回顾晚清这段历史可知，中国近代史是由一批批"知识精英"引领、发动的，他们是时代的先锋，因各自的背景不同，其救亡图存之"方"互有差异，他们或相互鼓舞，或相互博弈，甚至是相互批评和"攻讦"。然而，正是这些异同，使中国近代史凸现出波澜壮阔的场景和丰富多彩的画面。

康梁结缘始于西学

梁启超生于濒海傍山的边陲小镇新会县茶坑村"十代耕读"之家，由于严父的精心培养，12岁成秀才、17岁中举人。如果不是1890年京试落榜、回程路经上海购得《瀛环志略》，"始知有五大洲各国"，他必定要沿着科举之路走下去，以获高官厚禄。一年前在广州乡试时，其优异成绩深得主考官二品尚书李端棻的赏识，将其堂妹许配给他，按其常规，首次落榜后当重读帖括之学，准备下次京试再售。然既知世界五洲而面对大量西书"以无力不能购也"的梁启超，其心时时作痒，闻首倡变法而又西学颇富的康有为"新从京师归"，何不前往一拜？康有为年长梁启超15岁，

康有为故居

出身于因镇压太平军有功而暴发的新贵之家，11岁在祖父的官舍读到前线战报，便"慷慨有远志矣"。在梁启超出生的第二年（1874年），康有为便读到《瀛环志

略》《地球图》等书籍，从此"知万国之故，地球之理"，其后将中西学融会贯通，开始了理论创制。1888年，康有为惊闻中法战争前方失利的消息，便立即以《为国势危蹙，祖陵奇变，请下诏罪己，及时图治》为题给皇帝上书，提出外国列强靠着突飞猛进的国力已经把世界各地瓜分完毕了，如今他们虎视眈眈，合起伙来侵略中国，对这"非常之变局"，皇帝应下"罪己诏"，尽快变法。对于这位目光如此敏锐、胆略如此壮伟的先觉者，"举国为怪"。

而急于求得新知的梁启超，顾不上"怪与不怪"了，待康有为新归后立即前去拜访。本来，少年举人梁启超还有点自负的本钱，哪知康有为乃以"大海潮音，作狮子吼"，谈天说地，纵论古今中外，整整一天，仍滔滔不绝，这让梁启超"且惊

康有为铜像

且喜、且怨且艾、且疑且惧",回来后竟彻夜不能寐。康有为不愧为中国近代启蒙第一师,所创万木草堂被现代人讥讽为"康党党校"。在此,康氏率众弟子撰成了《新学伪经考》《孔子改制考》等划时代的著作。前书认为两千年来中国专制制度乃以伪经为基础,因而其政权不具备"合法性";后书则"证明"至圣先师孔子,是一位托文王而改制的民主政治家和宗教改革家,他不仅为当世立法,乃为万世立法,今人应该立孔子为教主,进行民主改革。经过数年之熏陶,对于康有为这种打着"孔旗"反"孔旗"的手法,梁启超可谓已驾轻就熟,在1896年8月开张的《时务报》上,他举着孔子及儒教的旗帜,宣传乃师的变法主张。据统计,在前后一年多的时间内,他共发长短文章计60篇,其中"论说"50篇,大谈"西国立国之本末,合于公理,而不戾于吾三代圣人平天下之义"。一时间,国情聚变、民情风动,时人并称"康梁",而"从通都大邑到边陲乡寨,无人不知有新会梁启超者"。

虚心接受严复的指摘

梁启超与严复初识之细节,已难以考实,然而较频繁的交往肯定在梁启超主编《时务报》期间。严复长梁19岁,出身于福州一个中医家庭,13岁考入船政

开民智以报国 普新知而图强

严复铜像

学校后便学习英语和系统接受西方自然科学的普及教育；在1877—1879年赴英国留学期间，潜心研究英国的政治、经济和文化，回国后在天津北洋水师任职，继续研究并开始翻译英国近代思想家的著作，深明中国何以被动挨打之"故"。对于《时务报》鼓吹变法，他积极呼应，但又对其宣扬孔圣教以及以儒学附会西方民主学说的"今文经学"手法深不以为然。此时，正值他翻译的《天演论》已经完稿，其书阐述物竞天择、优胜劣汰，此乃自然社会进化之通则，人类社会由野蛮入文明、由君主制至民主制均是在此规律的作用下，由民德、民智、民力不断进化之结果。有此鲜明的历史观念作依据，严复便借评梁启超的《古议院考》宣传"《洪范》之卿士、《孟子》之诸大夫，上议院也；《洪范》之庶人，《孟子》之国人，下议院也"之机，写信给予点拨，望他不要将风马牛不相及的事相互比附。同时，严复更进而批评康梁既变新法，就不可举孔教，那样，只能束缚人们的思想，窒息新学的发展。

确实，梁启超及其康门众弟子，在《时务报》时期，除了撰文时打着孔子的旗帜鼓吹变法的思想外，在行为上，皆奉康有为"教皇"，宗教狂热弥漫一时。严复对"康党"的宗教狂热定有所觉，但他并未采取"攻击"的态度，而是耐心诱导。梁接启超信后"循环往复十数过，不忍释手"，并感慨道："天下之爱我者，舍父、师之外，无如严先生；天下知我而能教我者，舍父、师之外，无如严先生。"对严

严复翻译《天演论》（纸织画）

开民智以报国　普新知而图强
——戊戌变法思想家梁启超

复关于孔圣教的批评，梁启超更是由衷地接受。他说，读先生的论教之语"则据案狂叫，语人曰：'不意数千年闷葫芦，被此老一言揭破'。因为自汉武帝独尊儒术的两千年来，士人之心思才力，皆为孔教教旨所束缚，不敢解放思想，今再举圣旗，岂不窒闭无新学矣"？后来的事实证明，严复对梁的影响深刻而巨大，此后数年间，梁启超虽然仍坚持"今文学"，但他与乃师一起通过研究《天演论》，将其"据乱""升平""太平"的三世说同现代进化论紧密地结合在一起，使之成为新型的历史观。到了1902年，梁启超公开反对"保教"，而且闭口不谈"伪经"了，在学理上与乃师分道扬镳！在当时，梁启超对严复也有很大的帮助，正是在他的协助下，《天演论》数章于《时务报》发表，从此，"物竞天择、优胜劣汰"成了中国人变法图强的划时代的口号。

爱国激情升华谭梁友谊

如果说，梁、严之交，驱使梁启超迅速朝理性的方向转变的话，而他与谭嗣同的结友则充满了感情色彩。谭嗣同长梁启超8岁，与"南海一岛民"的梁启超相比，他的出身要高贵得多——其父乃清廷二品大员。然而，嗣同生母早故，"遍遭纲伦之厄"，性烈气

张，六次科场皆落榜下，故生下冲破天罗地网之心。甲午海战败后，他曾痛心疾首，遇梁启超，读康有为著作，即投康门。百日维新期间，光绪帝亲召，"在军机章京上行走，参与新政"，谭嗣同成了光绪帝最为信赖的助手。当知西太后阴谋夺权后，他只身一人入虎穴，策反袁世凯，劝其率兵"护皇上"，可惜此举失败。西太后发动政变后不久，谭嗣同便前往日本使馆，与已经避难到这里的梁启超会面。那时，他们都可以渡海避难，但是两

谭嗣同雕像

浏阳谭嗣同故居

位做了一个奇特的决定——一生、一死："不有行者，无以图将来；不有死者，无以酬圣主。"谭嗣同说罢，便相与梁启超一抱而别，回家等了两日官兵才来捕捉。就义之前，留言寄梁："强邻分割即在目前，嗣同不恨先众人而死，而恨后嗣同而死者虚生也。啮血书此，告我中国臣民，同兴义愤，翦除国贼，保全我圣上。嗣同生不能报国，死亦为厉鬼，为海内义师之助。"不久，谭嗣同便与其他五君子一起，喋血菜市口。梁启超不负挚友之托，避难日本后，以保皇的形式继续发展民族民主主义运动，同时将谭嗣同的《仁学》整理出版，终于让世人仰观到这位"思想界之彗星"绚丽的光彩。

与黄遵宪的忘年交

在戊戌变法时期，还有一位与梁启超亦师亦友的人物。他就是新诗派的倡导者、外交家黄遵宪。黄遵宪长梁启超25岁，在梁启超4岁时，他就中了举人。黄遵宪本擅长写诗，然而自出使日本、处理琉球事务之后，他借用明治之新风，写下《日本国志》，以作祖国变法之镜。其后，黄遵宪又出使欧洲和新加坡，见中外之差与日俱增，故无法忍耐，作《赠梁任父同年》曰："寸寸河山寸寸金，侉离分裂力谁任。杜鹃再拜忧天泪，精卫无穷填海心。"期望梁启超能像精卫填海一样，挑起重整破碎河山（侉离分裂）的责任。事实上，梁启超到《时务报》做主笔，乃黄所盛邀；至长沙时务学堂执掌总教习，由黄遵宪所促成。黄遵宪对梁启超之厚望，以私

黄遵宪

开民智以报国　普新知而图强

言不是父子乃胜似父子，以公论不是师生乃超越师生，见梁启超有成则喜、则赞，见梁启超有失则忧、则教。百日维新失败后，黄遵宪对本人遭贬并不在意，而当他得知梁启超已经逃出魔掌、在日本又开辟新的战场后，则老泪纵横，写下"何时睡君榻，同话梦境迷？即今不识路，梦亦徒相思"的诗句，表达其对梁启超的百般思念。其后数年，二人相互通信十余万字，黄遵宪给予梁启超多方指导与鼓励。逝世前，黄遵宪曾书《病中纪梦述寄梁任父》，"人言廿世纪，无复容帝制。举世趋大同，度势有必至"，以表达其追求民主制度的坚定信心。而梁启超正是在黄遵宪的教诲与诱导之下，百折而不回、万劫而不却也。

黄遵宪故居

梁启超的诗词名句

不恨年华去也　只恐少年心事　强半为消磨

【出处】梁启超《水调歌头·拍碎双玉斗》

【鉴赏】我不怨恨年华的逝去，只担心年轻时候的雄心壮志，大半被无情的岁月消磨殆尽。梁启超一生轰轰烈烈，无时无刻不在为天下苍生着想，这首词能表现出他的忧国情怀。历经几回人世沧桑，不免害怕自己当年的豪情壮志，是否会随着年华的消逝而逐渐减退，充分流露出作者自我警惕的心境。

《梁任公诗稿手迹》（梁启超著、康有为评）

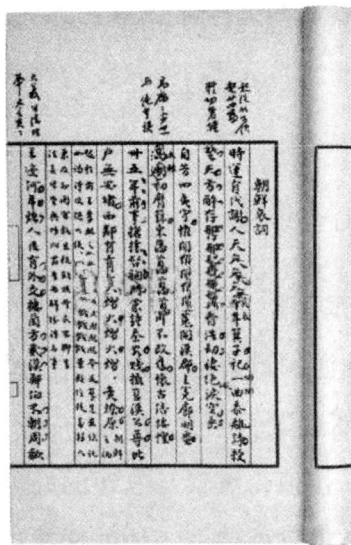

【原诗】拍碎双玉斗，慷慨一何多！满腔都是血泪，无处着悲歌。三百年来王气，满目山河依旧，人事竟如何？百户尚牛酒，四塞已干戈。千金剑，万言策，两蹉跎。醉中呵壁自语，醒后一滂沱。不恨年华去也，只恐少年心事，

开民智以报国　普新知而图强

强半为消磨。愿替众生病，稽首礼维摩。

世界无穷愿无尽　海天寥廓立多时

【出处】梁启超《自励》

【鉴赏】世界将会永无止境地发展下去，我的愿望也如无穷的宇宙一样永无休止，面对寂寥广阔的大海蓝天，不觉为之怅然，伫立良久。寥廓，是指寂寥、广阔。此诗作者梁启超自号任公，以天下为己任，故写这首诗以自我期勉。"世界无穷愿无尽，海天寥廓立多时"这两句诗，颇能表现出一代英雄海天独立的苍凉，以及他宏愿无穷的豪情壮志。

【原诗】献身甘作万矢的，著论求为百世师。誓起民权移旧俗，更研哲理牖新知。十年以后当思我，举国犹狂欲语谁？世界无穷愿无尽，海天寥廓立多时。

亘古男儿一放翁

【出处】梁启超《题放翁集》

【鉴赏】梁启超读完陆游的诗集后，对于这位爱国诗人的伟大情怀不觉肃然起敬，于是写下这首诗。他认为放翁是自古以来，一位值得尊崇与歌颂的好男儿。梁启超自认为负有任重道远的使命。他的这首诗颇能激发血性男儿的爱国意志与万丈豪情。（中国诗家无不言从军苦者，惟放翁则慕为国殇，至老不衰。）

【原诗】

诗界千年靡靡风，兵魂消尽国魂空。集中什九从军乐，亘古男儿一放翁！

男儿志兮天下事 但有进兮不有止 言志已酬便无志

【出处】梁启超《志未酬》

【鉴赏】男儿立志，要为天下做一番大事，而且只能前进不能停止，如果因志愿得到酬偿而停止前进，那便是个没有志气的人。梁启超以天下为己任，一生奋斗不懈。这首诗是劝人志向要远大，必须不断努力更上一层楼，切不可因稍有成就而志得意满。

【原诗】志未酬！志未酬！问君之志几时酬？志亦无尽量，酬亦无尽时。世界进步靡有止期，吾之希望亦靡有止期；众生苦恼不断如乱丝，吾之悲悯亦不断如乱丝。登高山复有高山，出瀛海复有瀛海。任龙腾虎跃以度此百年兮，所成就其能几许？虽成少许，不敢自轻。不有少许兮，多许奚自生？但望前途之宏廓而寥远兮，其孰能无感于余情。吁嗟乎，男儿志兮

开民智以报国 普新知而图强

——戊戌变法思想家梁启超

天下事，但有进兮不有止，言志已酬便无志！

天下几人学杜甫

诗中自合爱陶潜

梁启超书『天下诗中』楷书对联

梁启超诗词选

《壮别若干》

丈夫有壮别，不作儿女颜。风尘孤剑在，湖海一身单。

天下正多事，年华殊未阑。高楼一挥手，来去我何难。

狂简今犹昔，裁成意苦何？辙环人事瘁，棒喝佛恩多。

翼翼酬衣带，冥冥慎网罗。图南近消息，为我托微波。

赫赫皇华记，凄凄去国吟。出匡恩未报，赠缟爱何深。

重话艰难业，商量得失林。只身浮海志，使我忆松阴。

大陆成争鹿，沧瀛蛰老龙。牛刀勿小试，留我借东风。

《东归感怀》

极目中原暮色深，蹉跎负尽百年心。那将涕泪三千斛，换得头颅十万金。

鹃拜故林魂寂寞，鹤归华表气萧森。恩仇稠叠盈怀抱，抚髀空为梁父吟。

《水调歌头甲午》

拍碎双玉斗，慷慨一何多。满腔都是血泪，无处着悲歌。三百年来王气，满目山河依旧，人事竟如何？百户尚牛酒，四塞已干戈。

千金剑，万言策，两蹉跎。醉中呵壁自语，醒后一滂沱。不恨年华去也，只恐少年心事，强半为消磨。愿替众生病，稽首礼维摩。

《满江红赠魏二甲午》

如此江山，送多少英雄去了。又尔我蹋尘独漉，睨天长啸。炯炯一空馀子目，便便不合时宜肚。向人间一笑醉相逢，两年少。

使不尽，灌夫酒。屠不了，要离狗。有酒

边狂哭，花前狂笑。剑外惟馀肝胆在，镜中应诧头颅好。问匏黄阁外一畦蔬，能同否。

《金缕曲》

瀚海飘流燕。乍归来、依依难认，旧家庭院。惟有年时芳俦在，一例差池双剪。相对向、斜阳凄怨。欲诉奇愁无可诉，算兴亡、已惯司空见。忍抛得，泪如线。

故巢似与人留恋。最多情、欲黏还坠，落泥片片。我自殷勤衔来补，珍重断红犹软。又生恐、重帘不卷。十二曲阑春寂寂，隔蓬山、何处窥人面？休更问，恨深浅。

《太平洋遇雨》

一雨纵横亘二洲，浪淘天地入东流。却余人物淘难尽，又挟风雷作远游。

满船沉睡我彷徨，浊酒一斗神飞扬。渔阳三叠魂慴伤，欲语不语怀故乡。

《自题新中国未来记》

却横西海望中原，黄雾沈沈白日昏。万蛰豕蛇谁是主？千山魑魅阒无人。

青年心死秋梧悴，老国魂归蜀道难。道是天亡天不管，竭来予亦欲无言。

畫撓不點明鏡芳道墜粉波心蕩冷月垂聲

調扇輕約飛花高柳垂陰春漸遠汀洲自綠

梁启超行书十七言对联

梁启超与"饮冰室手稿"

梁启超出生于广东省新会县熊子乡，字卓如，号任公，因其住所题名"饮冰室"，故又自署"饮冰室主人"。梁启超是近代中国资产阶级政治家、思想家，他的后半生与图书馆事业结下了不解之缘。

1916年，反对袁士凯称帝的蔡锷（字松坡）将军病逝，梁启超上书大总统黎元洪《接受快雪堂设立松坡图书馆呈》，请拨北海快雪堂设立图书馆。此议得到批准。1923年，松坡图书馆成立，后庑奉祀蔡锷及护国战争死难烈士，前楹设图书馆。为此，梁启超作《松坡图书馆记》及《松坡图书馆劝捐启》，号召社会各界关心该馆藏书建设及资金筹备，"庶仗群力，共襄厥成"。短短时间内，松坡图书馆已

梁启超、康有为与《饮冰室合集》

梁启超纪念馆由梁启超故居和"饮冰室"书斋组成

经办得颇有起色。

1925 年 5 月，中华图书馆协会在北京成立，梁启超出席并在会上作《演说辞》，阐述"建设中国图书馆学"和"养成管理图书馆人才"的重要性，提出了中华图书馆协会的具体任务：（一）"把分类、编目两个专门组切实组织……制成便利的目录，务使这种目录不惟可以适用于全国，并可以适用于外国图书馆内中国书之部分"；（二）"择一个适当都市，建设一个大规模的图书馆，全国图书馆学者都借他作研究中心"，这是因为"一则财力不逮，二则人才不敷，与其贪多骛广，闹得量多而质坏，不如聚精会神，不如将一个模范馆先行办好，不愁将来不会分枝发展"；（三）"在这个模范图书馆内设一个图书馆专门学校，除教授现代图书馆学外，尤注重于'中国的图书馆学'之建设"；（四）与私人藏书楼不同，这个图书馆"提倡不收费"，"许借书出外"；（五）"另筹基金，编纂类书"，在此次会上，中华图书馆协会举行董事会第一次会议，公选梁启超为董事长。

1925年，梁启超兼任"国立"京师图书馆（馆址在方家胡同）馆长和北京图书馆（馆址在北海庆霄楼）馆长，至1927年6月卸任，秉馆长职一年有余。

从1925年起到1929年梁启超病逝前，梁启超为中国图书馆事业做了大量实际工作，其中重点还在于"建设中国图书馆学"和"养成管理图书馆人才"两件

《饮冰室全集》（梁启超著）

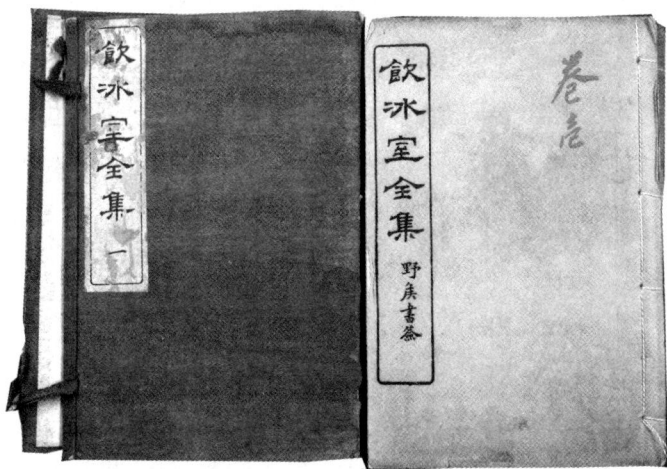

开民智以报国　普新知而图强
——戊戌变法思想家梁启超

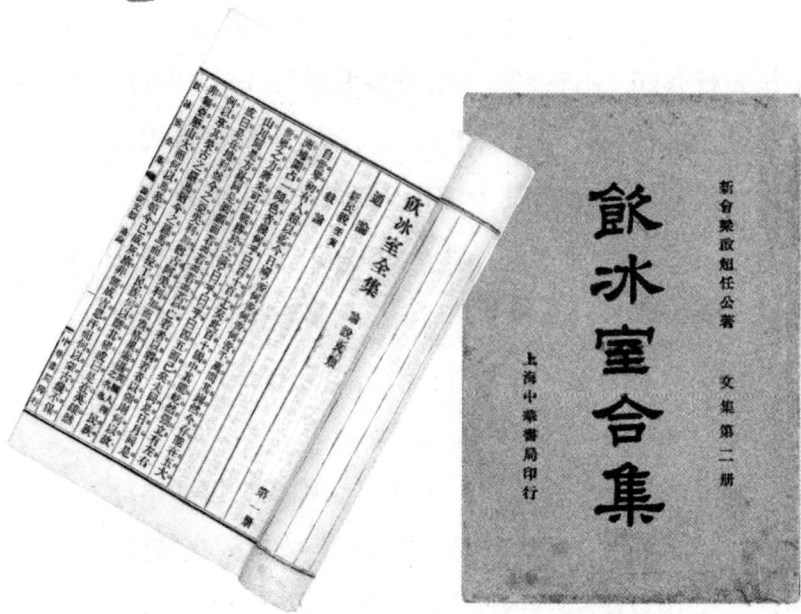

事项上。1925年12月20日，梁启超在至副馆长李四光、图书部长袁同礼的信中说："购书事日本方面不可忽略……最要者为几种专门杂志，最好能自第一号搜起，购一全份，例如：《史学杂志》《史林》《支那学》《佛教研究》《宗教研究》《佛教学杂志》《东洋学艺》《外交时报》等期刊。"1926年4月14日，梁启超在致张元济的信中说："闻东方图书馆购取孟苹蒋氏密韵楼之藏，神往无已。……其中倘有副本，而可以见让者，愿为北京图书馆求分一脔，则南北学者，胥渥嘉惠，宁非盛事。"

在争取图书馆办公和购书经费方面，更让梁启超费尽精力。1926年7月5日，梁启超致信李四光、袁同礼："颇闻日人之东方文化会眈眈于方家旧籍，吾馆似不能不乘此时急起直追……。"在致任志清等人信中又云："馆中国宝甚多，仆尸馆长之名，而未举其实，万一有疏虞，责将谁卸？半年以来为兹事寝不安席。"1926年10月15日，梁启超又致张东荪信云："此馆诚为美庚款所办，但款极有限，开办费仅100万元，建筑及购书在内（现所划建筑费仅60万元，实不成门面，余35万供购书费），无法敷分配，每月经常费仅三千耳。"甚至在不得已之中，将自己十余年来在永年保险公司所买保险单向北京通易信托公司押款，用以支撑经费周转，半年之间，共垫出9750个银元。

1927年，梁启超因身体状况，辞去馆长职务。1929年1月19日，梁启超病逝于北京协和医院。1930年2月24日，梁启超后人梁思成、梁思永、梁思忠尊梁启超遗嘱，委托天津律师黄宗法致函"国立北平图书馆"（今中国国家图书馆前身），就寄存梁启超图书事声明如下：

敬启者：

关于梁任公先生口头遗嘱愿将生平所藏书籍借与贵图书馆一事，前荷惠寄《善本阅览室规则》《普通阅览室规则》暨《收受寄存图书

072

简章》各一份，比即抄送任公先生之继承人。
兹受该继承人等之委托，正式函达贵图书馆，
对于前述章则表示同意，并按贵馆《收受寄存
图书简章》第十条内开各项声明如下：

（一）藏书人之姓氏为梁启超，广东新会
人。其代表人为该氏之连续继承人所组织之梁
氏亲属会，住所在天津义租界西马路二十
五号；

（二）关于寄存图书之卷数，拟俟机交接
受时确定之；

（三）永远寄存，以供众览；

（四）关于公开阅览及出贷之办法，悉愿
遵照前述各项章则办理，但上述之梁氏亲属会
对于寄存书籍，愿保留自行借用之优先权利，

并愿遵守一切有关之规则。

以上所开各节，即请查照见覆，如荷赞许，并希克日派员来津点收，至纫公谊。

此致

国立北平图书馆

律师黄宗法（钤印）敬启民国十九年二月廿四日

国立北平图书馆收到来函以后，当即派采访部兼阅览部馆员爨汝僖、编纂部馆员梁启超族侄梁廷灿、金石部馆员范腾端、编纂部馆员杨维新等4人赴天津点收饮冰室全部藏书：共2831种，约41474册；新书109种，计145册；日文书433册；石刻碑帖500余种，计1400多件。此外，尚有一批墨迹、未刊稿及私人信札。这批书稿主要是梁启超饮冰室所藏书籍。

新中国成立之后，中国国家图书馆筹建手稿专藏文库，大批名家手稿入藏其馆。1954年3月，馆方派冯宝琳与梁氏亲属取得联系，得到梁令娴（思顺）、梁思成及其梁氏家属支持，慨然捐赠全部手稿。

梁启超长女梁令娴女士致中国国家图书馆的赠书函如下：

一九五四年三月十日来信收到，当时因舍弟思永病危，不幸逝世之后，又办丧事，所以许久没有回信，抱歉得很。

先父手迹，得贵馆负责保存，十分欣兴。文稿三大箱在西单手帕胡同甲三十三号梁宅，请于下星期一日致四月十九日上午前往搬取。我处有目录一份，其他墨迹也愿一并奉赠，请派人来取。

专此布覆，并致

敬礼！

梁令娴启一九五四年四月十六日

这批著作手稿包括了收入在梁启超《饮冰室合集》中的全部文稿，也包括相当一批未入《合集》的稿件。如今，梁启超先生的手稿正妥善珍藏在中国国家图书馆善本名家手稿文库中。

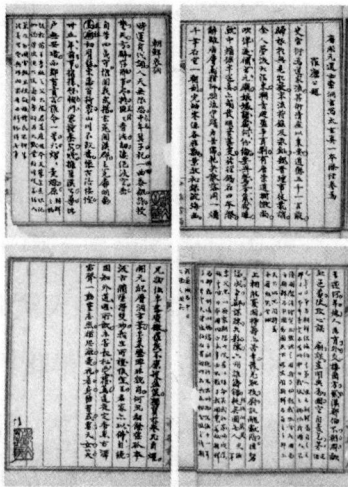

梁启超诗稿册页

梁启超的逸闻趣事

率真与诚恳

梁启超率真的秉性。梁启超是康有为的学生、信徒、助手，但他们还是分道扬镳了；梁启超与孙中山合作过，也对立过；他拥护过袁世凯，也反对过袁世凯。对此，梁启超说："这绝不是什么意气之争，或争权夺利的问题，而是我的中心思想和一贯主张决定的。我的中心思想是什么呢？就是爱国。我的一贯主张是什么呢？就是救国。""知我罪我，让天下后世评说，我梁启超就是这样一个人而已"。

中国古代的史官为了给后代留下"信史"而不惜杀头，梁启超毅然拒绝袁世凯的重金收买，而写出了揭露窃国大盗恢复封建帝制的《异哉国

梁启超

体问题》。

1925 年阴历七月初七，徐志摩与陆小曼结婚，请梁启超出席证婚。梁启超反对他们"使君有妇""罗敷有夫"之间的恋情，也规劝过徐志摩。碍于徐志摩之父和胡适的情面，梁启超答应出席证婚。但是，在婚礼上梁启超却对徐志摩、陆小曼用情不专厉声训斥，滔滔不绝，使满堂宾客瞠目结舌。徐志摩不得不哀求："先生，给学生留点脸面吧。"

徐志摩

梁启超真诚的宽容。1926 年 3 月 8 日，梁启超因尿血症入住协和医院。经透视发现其右肾有一点黑，诊断为瘤。手术后，经解剖右肾虽有一个樱桃大小的肿块，但不是恶性肿瘤，梁启超却依然尿血，且查不出病源，遂被复诊为"无理由之出血症"。一时舆论哗然，矛头直指协和医院，嘲讽西医"拿病人当实验品，或当标本看"。这便是轰动一时的"梁启超被西医割错

腰子案"。梁启超毅然在《晨报》上发表《我的病与协和医院》一文，公开为协和医院辩护，并申明："我盼望社会上，别要借我这回病为口实，生出一种反动的怪论，为中国医学前途进步之障碍"。

梁启超真诚得有趣。黄苗子著《世说新篇》，其中有《梁启超写序》，文曰："蒋百里先生为著名军事家，但在文化上亦极有贡献。他留德归国后，曾写了洋洋五万言的《欧洲文艺复兴史》。梁启超阅后大为赞赏，蒋便请梁为此书作序。不料梁文思泉涌，序言也是五万字，觉得不好意思，便加写一短序，而把长序改为著作出版，反过来请蒋百里作序。"

蒋百里

梁启超的读书心得

养成每日读书习惯，最好精读与浏览相间。

梁启超一向主张读书有精读、浏览之分，有些宜精读，有些则不必精读，宜浏览。这个方法几乎贯穿在他所有的读书经验和相关介绍文章之中。他在《治国学杂话》一文中说："每日所读之书，最好分两类，一类是精读的，一类是浏览的，因为我们一面要养成读书心细的习惯，一面要养成读书眼快的习惯，心不细则毫无所得，等于白读，眼不快则时候不够用，不能博搜资料。诸经、诸子、四史、《通鉴》等书，宜入精读之部，每日指定某时刻读它，读时一字不放过……另外指出一时刻，随意涉览，觉得有趣，注意细看；学得无趣，便翻次页。"

读书时遇有重要文字，可摘抄下来。

梁启超说："大抵凡一个大学者平日用功，总是有无数小册子或单纸片。读书看见一段资料，觉其有用者即刻抄下。"当然，他也承认，"这种工作，笨是笨极了，苦是苦极了，但真正做学问的人，总离不了这条路"。

在梁启超看来，抄资料是研究发明的必要前提，正像研究动物学或植物学的人，不采集标本怎么行呢？因此，他主张并鼓励读书时注意抄录和搜集资料，他说："发明的最初动机在注意，抄书便是促醒注意及继续保存注意的最好方法。当读一书时，忽然感觉这一段资料可注意，把它抄下，这件资料，自然有一微微的印象印入脑中，和滑眼看过不同。经过这一番后，过些时碰着第二个资料和这个有关系的，又把它抄下，那注意便加浓一度。经过几次之后，每翻一书，遇有这项资料，便活跳在纸上，不必劳神费力去找了，这是我多年经验得来的实况，诸君试拿一年工夫去 试试。"

课堂教学之外，最好读点课外书。梁启超很重视学生的课外阅读。他在《治国学杂话》的开篇中说："学生做课外学问是最必要的，若只求讲堂上功课及格，便算完事，那么你进学校，只是求文凭，并不是求学问，你的人格，先已不可问了。"当然，他也承认，课外学问，不一定专指读书，如试验、观察自然等，都是极好的方法，"但读课外书，最少要算课外学问的主要部分"。

人在画桥西冷香飞上诗句

酒醒明月下梦魂欲渡苍茫

美白石玲珑四犯 吴梦窗高阳台

向手订临江仙 美白石念奴娇

丁丑第乙写癸明且制句

丁丑冬奇月之昭 梁启文

中国书、外国书都得读。

梁启超认为，"读书自然不限于读中国书，但中国人对于中国书，最少也该和外国书作平等待遇，你这样待遇它，它给回你的愉快报酬，最少也和读外国书所得的有同等分量"。

梁启超的学术成就

梁启超于学术研究，涉猎广泛，学贯中西，囊括古今，在哲学、文学、史学、经学、法学、伦理学、宗教学等领域，均有建树，以史学研究成绩最著。

1901年—1902年，梁启超先后撰写了《中国史叙论》和《新史学》，批判封建史学，发动"史学革命"。

欧游归来之后，梁启超以主要精力从事文化教育和学术研究活动，研究重点为先秦诸子、清代学术、史学和佛学。1922年起梁启超在清华学校兼课，1925年应聘任清华国学研究院导师，指导范围为"诸子""中国佛学史""宋元明学术史""清代学术史""中国文学""中国哲学史""中国史""史学研究法""儒家哲学""东西交流史"等科目。这期间梁启超著有《清代学术概论》《墨子学案》《中国历史研究法》《中国近三百年学术史》《情圣杜甫》《屈原研究》《先秦政治思想史》《中国文化史》等巨著。

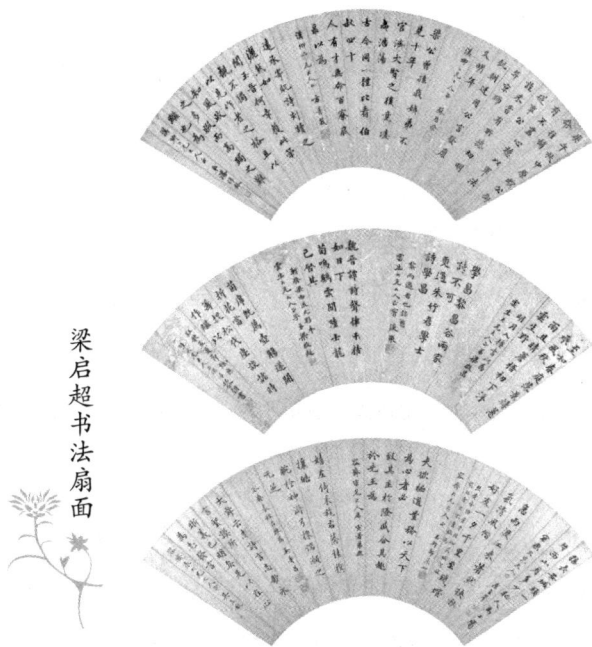

梁启超书法扇面

　　1928年9月，梁启超着手编写《辛稼轩年谱》，此时离他人生最后一站不足4个月。在与病痛斗争中，梁启超始终坚持写作，直至最终无法提笔。

　　梁启超之所以编写《辛稼轩年谱》，或许是因为两人有着相同的人生境遇。在流亡海外13年之后，梁启超回到故土，试图在政坛上大展拳脚，无奈屡屡受挫。无论是袁世凯，还是段祺瑞，都只是利用他，而拒绝他的改革主张。

　　梁启超看透了这些政客的嘴脸，决意退出政坛，回到书斋，从此开始用西学之方法来整理国故，这才有了编写《辛稼轩年谱》之举。实际上，这只是梁启超历次思想转变中的最后一变。在梁启超57年的人生历程中，这样重大的思想转变至少有5次。诚如他自己曾谈到他跟康有为之间的差别时所说的："康有为大器早成，观点是一成不变的；而梁启超却是不断变化，不惜以今日之我非昨日之我。"

他一生著述宏富，有多种作品集行世，以1936年9月11日出版的《饮冰室合集》较称完备。《饮冰室合集》计148卷，1000余万字。

梁启超在文学理论上引进了西方文化及文学新观念，首倡近代各种文体的革新。文学创作上亦有多方面成就：散文、诗歌、小说、戏曲及翻译文学方面均有作品行世，尤以散文影响最大。

梁启超的书法人生

梁启超是中国近代史上的风云人物，一位蜚声中外、知识渊博的学者，他不但是杰出的思想家、政治家、文学家，还是一位卓有成就的书法家。在书法艺术方面，梁启超早年研习欧阳询，后从学于康有为，宗汉魏六朝碑刻。

政治活动与学术研究是梁启超一生中最重要的活动。他在哲学、史学、政治经济学、文学等多个领域的学术研究上取得了丰硕的成果。书法对于他的政治

梁启超用过的瓦形澄泥砚。砚呈瓦状,澄泥质,色黄褐。砚面刻"梁启超先生雅正民国十年西京刻"。澄泥砚属中国四大名砚之一,唐代时,河南灵宝县为澄泥砚的著名产地。

活动及学术研究来说,梁氏自己认为只是"余事"而已。但他一生写下近2000万字的著述,所有字都是用毛笔写出来的,写字与他可谓相伴终生。尽管他把书法当作"余事",他也没有打算成为专业的"书法家",但收藏金石碑拓、研究书法艺术却是他平时生活中不可或缺的"业余爱好",他刻有用于收藏题跋及其书法的印章数十方,可见其对书法艺术爱好的程度。梁氏于书法所下功夫甚多,特别是退出政坛之后,在著述与讲学之余,他一有时间就研究书法,并以书法临池为日课，随着岁月的增长，其书法艺术亦取得相当的成就。早在1939年，丁文隽在所著《书法精论》中就称梁启超的书法"其结字之谨严，笔力之险劲，风格之高古，远出邓石如赵之谦李瑞清诸家之上"。

梁启超一生的书法艺术实践及传世的书法作品（手迹）来看，其书法艺术风格的形成和发展过程，大致可分为三个阶段。第一个阶段是从梁启超少年时习字开始至1911年，即清光绪至民国成立前，也就是梁氏40岁之前，是梁启超书法艺术实践的承袭期。第二个阶段是1912—1922年，即梁氏40—50岁间，是梁启超书法艺术实践的融合期。第三个阶段是1923年后，也就是梁氏50岁之后，是梁启超书法艺术风格形成的升华期。梁启超书法艺术活动及成就主要在民国成立以后，以此定位，他应属民国时期的书法家。

梁启超与他眼中的"小玩意"

梁启超的文章堪称"国首"，研究堪称"国学"。被推为清末民初，尤其是1903年前后，中国舆论界当之无愧的"执牛耳者"。那么，在这位"大家"眼中，对联又占什么位置呢？"小玩意儿"而已！

梁启超在《苦痛中的小玩意儿》一文中，说："骈骊对偶之文，近来颇为青年文学家所排斥，我也表相当的同意。但以我国文字的构造，结果当然要产生这种文学。而这种文学，固自有其特殊之美，不可磨灭。我以谓爱美的人，殊不必先横一成见，一定是丹是素，徒削减自己娱乐的领土。楹联起自宋后，在骈骊文中，原不过附庸之附庸。然其佳者，也能令人起无限美感。"从中不难看出，梁先生在肯定了对联历史地位，即"不可磨灭"的同时，也指出了对联的文学中的地位，即"附庸之附庸"。既然是附庸，也就谈不上价值，也就只能用来"消遣"罢了。所以我们就不难理解梁先生为什么要称对联是"小玩意儿"了，也就是平时之玩乐而已。但就是梁先生自称的"小玩意儿"，

梁启超 临魏碑 张猛龙碑 册页

开民智以报国　普新知而图强

——戊戌变法思想家梁启超

却和梁先生好像有一种不解之缘。

先是梁启超在戊戌变法前夕，到武昌讲学期间，拜访坐镇武昌的湖广总督张之洞。张之洞有意诘难于他，便出上联求对："四水江第一，四时夏第二，先生居江夏，谁是第一，谁是第二？"梁先生略思片刻，从容对答："三教儒在前，三才人在后，小子本儒人，何敢在前，何敢在后！"联中所说的"四水"指长江、淮河、黄河、汉水；"四时"为春、夏、秋、冬；"江夏"是武昌的古称；"三教"指儒、道、释；"三才"系天、地、人；"儒人"即儒生、学者。上联盛气凌人，问得刁钻；下联不亢不卑，答得巧妙。上下联属对工整，暗藏机锋，一时传为佳话。张之洞年长梁先生36岁，又是清廷重臣、社会名流，对这位"后生小子"未免白眼相加，但想不到在问难与应对中二人竟打了个平手！由于双方地位、名望、年龄之悬殊，即使打成平手，梁先生也是赢家。可见，梁启超在当时社会上出名还是多少得宜于这个"小玩意儿"的。

古来诗话百家，然能录对联者寥若辰星。在梁启超的《饮冰室诗话》中，得录黄公度先生三联，也许是梁先生对公度先生敬重有加所至，以至"爱人及联"了。其一云："药是当归，花宜旋复；虫还无恙，鸟莫奈何。"其二云："万象函归方丈室，四围环列自家

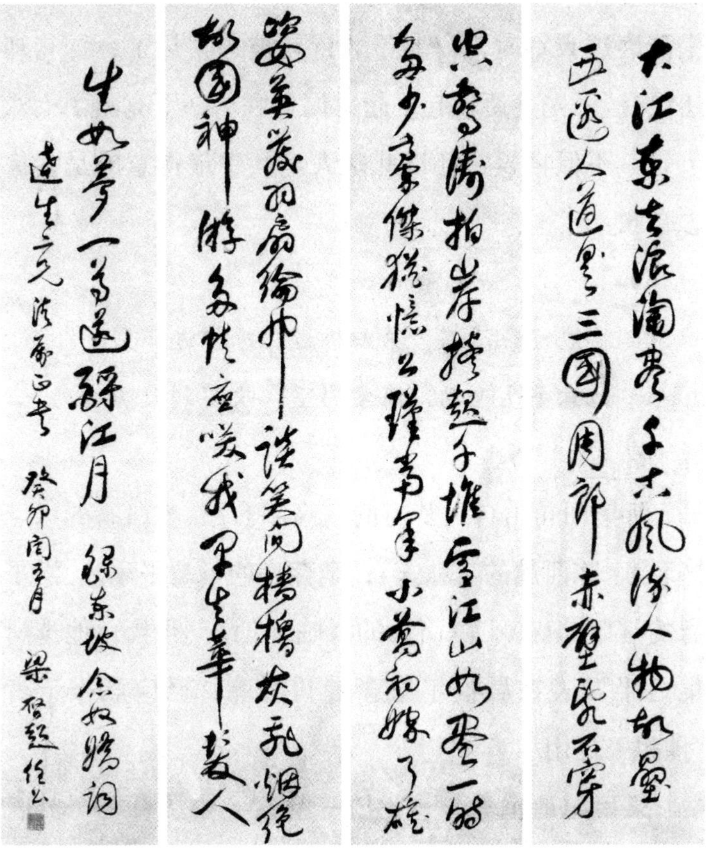

大江东去，浪淘尽，千古风流人物。故垒西边，人道是，三国周郎赤壁。乱石穿空，惊涛拍岸，卷起千堆雪。江山如画，一时多少豪杰。遥想公瑾当年，小乔初嫁了，雄姿英发。羽扇纶巾，谈笑间，樯橹灰飞烟灭。故国神游，多情应笑我，早生华发。人生如梦，一尊还酹江月。

录东坡念奴娇词

癸卯闰月　梁启超作

梁启超书法

山。"其三云："尚欲乘长风破万里浪，不妨处南海弄明月珠。"量虽少，却也可喜。

1924年，梁启超夫人不幸病故，先生为此也一病不起。在几个月病榻前，也正是这"小玩意儿"供先生消磨这寂寞时光。鉴于"诗句被人集烂了，词句却还没有"，先生便玩起了起集词句联。一下竟集了七八十句。不但自娱，还以此赠人。其中最得意的是赠徐志摩联：

> 临流可奈清癯，第四桥边，呼棹过环碧。
> 此意平生飞动，海棠影下，吹笛到天明。

所集词句出自吴梦窗的《高阳台》、姜白石的《点绛唇》、陈西麓的《秋霁》；辛弃疾的《清平乐》、洪平斋的《眼儿媚》、陈简斋的《临江仙》。并且，他选所集之半发表在晨报年纪念增刊之上，已应晨报记者"催租"之用了。

梁启超逝世后，也没脱开与这"小玩意儿"的联系，人们还是用挽联，以寄哀思。其中杨度挽联是：

> 事业本寻常，成固欣然，败亦可喜。
> 文章久零落，人皆欲杀，我独怜才。

夏敬观的挽联云：

> 赋命历艰危，才性不为平世士。
>
> 阖棺论成败，功名唯在旧书堆。

这其中除了敬挽之意，也对梁启超的一生做了评价。

梁启超旅外遗存的一副对联

维新运动的领袖梁启超，于1900年10月偕秘书罗昌离马来亚槟榔屿，到达西澳洲首府珀斯，他在此小住十余日，受邀演讲，西澳洲总督亲临会场听讲支持。后来在南澳洲首府黑列拜见州司法大臣、州议会议长。

11月14日上午，梁启超乘火车到达维多利亚州首府墨尔本，侨领50余人前往车站迎接，悉尼华文大报《东华时报》报道说当时"中西人士观者如堵墙"，梁氏由侨领黄植卿等陪同乘马车到华人经营的大酒楼设宴为梁启超洗尘。黄植卿致词，梁氏起立道谢，举觞既毕，乃离座与乡胞一一握手讯问姓字，并与记者一一寒暄。

15日，梁启超往唐人街拜访各华商，所到之处，

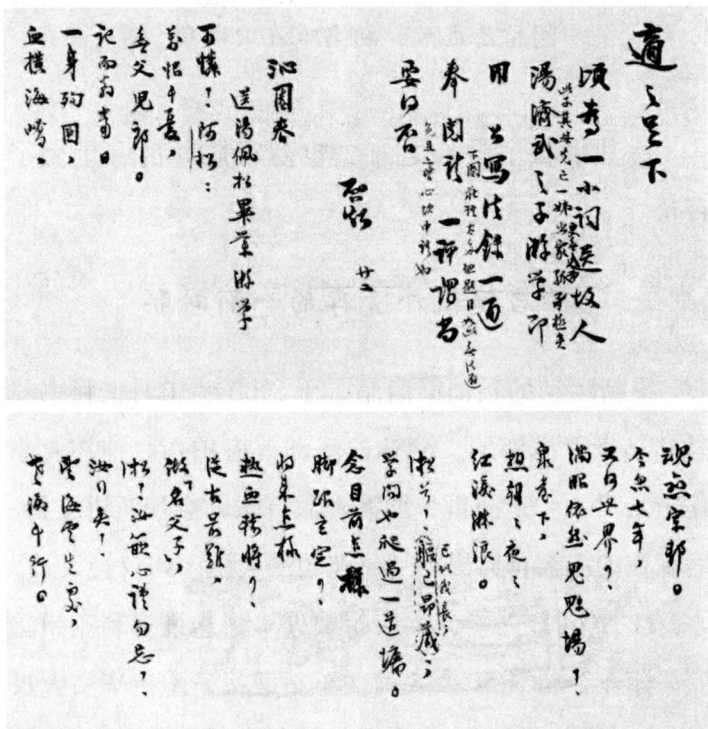

梁启超致胡适词稿，内有赠汤济武之子《沁园春》一阕，并过录一遍。

极受礼待。是日下午，梁启超应自己家乡的海外同乡会——冈州会馆的特别宴请，酒过三巡，梁启超兴奋异常，冈州会馆乡胞更以能接待本乡本土的"天生俊杰、拔萃超常、学问渊海、才德杰璋"的大学问家感到非常荣幸，立即要求梁启超留下墨宝，正在兴头上的梁启超决定不让乡胞失望，于是提笔挥毫，为冈州会馆在丝绸材料上写下了一副对联：

此联上联赞扬冈州（今新会）会馆，下联则道出了梁启超鼓吹保皇会的苦乐兼备之心态。当时的北京

1900年梁启超
访澳时在丝绸上写
下的对联

已被八国联军所侵占，而慈禧太后挟光绪帝已远逃西安，山河破碎，使他伤心。爱国爱民的梁启超大声疾呼"爱国如家，其庶几乎"。

"中华民族" 的首倡者

"中华民族"是我们常用的词语，充满了上下五千年的历史沧桑感。实际上，这个词，或者说这一概念的提出，只有区区百余年的时间。

"中华民族"一词是由历史悠久的"中华"一词和近代以来由西方传入之"民族"一词相互结合而成的。梁启超，杨度和章太炎等人，是较早使用"中华民族"一词的先驱。

1902年，在《中国学术思想之变迁之大势》一文中，梁启超写道："上古时代，我中华民族之有四海思想者厥惟齐，故于其间产生两种观念焉，一曰国家观，二曰世界观。"这是"中华民族"一词的最早使用，从上下文来说，梁启超所说的"中华民族"当指汉族，确切地说，指的是华夏族和从华夏族发展至今，不断壮大的汉民族。他在该文中，在"黄帝子孙"一词特别注文指出："下文省称黄族，向用汉种二字，今以汉乃后起之朝代，不足冒吾族之名，故改用此。"

1905年，梁启超在《历史上中国民族之观察》一文中，连续7次使用了"中华民族"一词，并明确地指出其含义，"今之中华民族，即普遍俗称所谓汉族者"，它是"我中国主族，即所谓炎黄遗"。

"国学研究院"之赵元任、梁启超、王国维、陈寅恪、吴宓。

1907年，继梁启超之后，晚清著名立宪派代表杨度也成为"中华民族"一词的早期使用者。是年5月20日，杨度在《中国新报》连载的《金铁主义说》一文中，在与梁启超基本相同的意义上，即"中华民族"指的是汉族，也多次使用"中华民族"。革命派的重要代表之一章太炎在《中华民国解》一文中，也使用"中华民族"一词。辛亥革命以后，1912年3月19日，革命派领袖黄兴，刘揆一等领衔发起的影响很大的"中华民国民族大同会"，后改称"中华民族大同会"，这里的"中华民族"一词的含义已经不再是专指汉族，而是指当时中国国境内的所有民族，包括汉族、满族、蒙古族、回族、藏族在内的众多民族。

"中华民族"语义的演变

梁启超的"多元混合"说——1905年，梁启超写了《历史上中国民族之观察》一文，从历史演变的角度指出中华民族是中国境内的所有民族，汉族、满族、蒙古族、回族、藏族等民族为一家，是多元混合的。

杨度的"文化族名"说——杨度在1907年发表了《金铁主义说》一文，将中国解释为地域观念，将中华阐释成文化一统，把中华民族归之为文化族名，所有生长于中国这块土地上的民族经过交流融合，已经不可分割地形成了一个中华民族。这里，杨度将中华民族的含义赋予了现代文化人类学的意蕴，颇具文化色彩和理论意义。

孙中山的"五族共和"说——一向倡导"革命排满"的孙中山也接过了"中华民族"的旗号，在1912年进一步提出了"五族共和"，号召以民族平等、民族团结来达到民族融合与民族和谐。

梁启超的惊世预言

1898年秋戊戌政变发生后，梁启超匆忙乘日舰逃往日本。舰长将一本当时在日本极为畅销的小说《佳人奇遇》送给梁启超，供他途中消愁解闷、缓解心情、消除紧张之用。没想到，这本原来供梁消遣的小说竟令他激动不已、引起强烈共鸣。

《佳人奇遇》是日本政治家、作家柴四郎写的"政治幻想"小说，书中虚构了留学美国的日本青年东海散士邂逅流亡异国的西班牙将军的女儿幽兰、投身爱尔兰独立运动的女志士红莲和助其从事复国活动的明末遗臣鼎泰琏的故事。小说把这几个不同国度、时代的流亡志士汇聚一起，将从北美独立战争、法国资产阶级革命直至朝鲜东学党起义以及中

梁启超

——戊戌变法思想家梁启超

开民智以报国 普新知而图强

日战争这百余年历史事件串成一线，各国独立运动的名人也相继登场。书中有男情女爱，更充满了故国沦亡之悲、志士兴国之壮、革命与改革的壮阔波澜和腥风血雨。如此内容，无疑使刚刚经历改革、失败、流血、流亡的梁启超感同身受。所以，到日本不久，他便将其译为中文，并从他创办的刊物《清议报》第一册就开始连载。

此书在《清议报》的连载引起巨大反响，1901年便出版单行本。梁氏意犹未尽，一时技痒，在1902年干脆创作了专谈中国的"政治幻想"小说《新中国未来记》。为发表这部作品，梁启超还专门创办了文学杂志《新小说》。这部小说共5回，约9万字，并未写完，虚构了从1902年到1962年这60年间中国的变化。小说的主旨，是中国应通过改革而不是革命的方式实现民主共和。小说的主要内容是八国联军攻克北京后南方各省开始自治，到1912年全国国会开设，中国实现共和制而不是他主张的君主立宪，国名叫"大中华民主国"，皇帝罗在田自动退位，被国会选为大统领，即大总统。"罗在田"指光绪皇帝，"罗"是光绪皇帝的姓爱新觉罗之意，"在田"是光绪名字载湉的谐音。新的共和国定都南京。通过维新造就共和国的首功之臣名叫黄克强，被选为第二任、第三任大统领。"黄克强"取"炎黄子孙能自强"之意，不料恰中后来辛亥功臣、此时刚到日本尚为留学新生的黄兴的字，黄的字就是"克强"，辛亥前后多以黄克强称之。"经过维新50年，中国经济、文化高度发达，已成世界超强国家，外国人纷纷学习汉语。所以在1962年，中国全国人民在首都南京大庆维新50周年的时候，各国政要纷来祝贺，参加盛典"。

梁启超于1902年对10年后的预言之准，令人惊讶：辛亥革命爆发后首先是南方诸省独立；中华民国于1912年成立，定都于南京。至于"黄克强"，纯属巧合，大可不必当真。然而应当一提的是，梁启超竟然还预言了"上海世博会"。1962年，各国政要齐集南

开民智以报国 普新知而图强

——戊戌变法思想家梁启超

梁启超用过的钟形端砚

京，庆祝中国维新50周年，一时"好不匆忙，好不热闹"，"那时我国民决议在上海地方开设大博览会，这博览会却不同寻常，不特陈设商务、工艺诸物品而已，乃至各种学问、宗教皆以此时开联合大会（是谓大同）。各国专门名家、大博士来集者，不下数千人。各国大学学生来集者，不下数万人。（眉批——专为请求宗教学问而来者已不下数万人，余者正不知凡几）处处有演说坛，日日开讲论会，竟把偌大一个上海，连江北，连吴淞口，连崇明县，都变作博览会场了。（阔哉阔哉）这也不能尽表"。

虽只寥寥数语，却是意味深长。"上海世博会"的"不同寻常"之处不在于展示各种产品、各种商务活动，而是将其办成来自全球各种知识、观念、文化、思想碰撞、交流的公共空间，大上海"处处有演说坛，日日开讲论会"。在他看来，思想的"展示"要比物品的"展示"重要得多。

好在现实世界的"上海世博会"已在新时代的新中国成功举办，究竟是一个只展示产品的"世博会"还是各种思想观念百家争鸣百家争妍的"世博会"，梁启超的这个预言究竟准不准、这个期盼憧憬能否实现，答案已经揭晓。

中华魂·百部爱国故事丛书
提　要

《誓与禁烟相始终——民族英雄林则徐》

林则徐严禁鸦片，坚决抵抗西方列强的侵略，坚持维护国家主权和民族利益。他是中国近代历史上第一位睁眼看世界的人，是抗击帝国主义殖民侵略的第一人，是中华民族抵御外侮过程中伟大的民族英雄。

《血洒虎门御敌寇——抗英将军关天培》

民族英雄关天培，在第一次鸦片战争中为了抗击英国侵略者的入侵而血洒虎门，为国捐躯，谱写了一曲可歌可泣的英雄赞歌。关天培用他的生命，书写了中国人民反抗外侮的历史。

《威震镇海靖节魂——抗敌英雄裕谦》

在第一次鸦片战争期间的众多牺牲者中，有一位官阶最高，他就是两江总督裕谦。裕谦与外国侵略者斗争立场坚定，与国内妥协派、投降派斗争态度坚决。裕谦督战镇海，与英国侵略军浴血奋战，临危不惧，以身报国，浩气长存。

《斩邪留正解民悬——太平天国领袖洪秀全》

农民出身的洪秀全，从失意文人到起义领袖，经历了长期的思想演变过程，在外敌入侵、清朝政府腐朽的历史环境之下，顺应时代的潮流，成长为一位非凡的历史英雄人物，建立了与清朝政府相抗衡的农民政权——太平天国。

《仰承汉唐　荟萃中外——近代数学家李善兰》

李善兰是我国19世纪重要的科学家之一，在数学、天文学、力学等方面都有重大建树。他继承了我国古代数学的成就，又以极大的热情传播西方科学文化，"仰承汉唐，荟萃中外"，把自己的一生献给了科学事业。

《严谨治学　勇于探索——近代著名数学家华蘅芳》

华蘅芳，中国近代数学家之一。其精通中国古算学，并熟练掌握西方近代数学，是中国验证抛物线并著书立说的参与者。为了证明"外国有的，中国也能造"而鞠躬尽瘁，在引进西方科学技术、传播科学知识上贡献卓著。

《折冲樽俎护山河——近代著名外交家曾纪泽》

曾纪泽是中国近代史上著名的爱国外交家，在中俄伊犁交涉事件中，他秉承抵抗列强、保卫国家的坚定意志，利用外交手段全力同沙俄抗争，捍卫了国家主权、民族尊严，收回了祖国的领土，在近代中国外交史上留下了光辉的一页。

《甲午海战留英名——民族英雄邓世昌》

邓世昌，北洋水师名将。本书以邓世昌的成长过程为线索，以代表性的历史故事为主要内容，还原真实的历史事件，突出鲜明的人物性格。邓世昌因在中日甲午海战中突出的英雄气概而名垂史册，书写了伟大的爱国主义篇章。

《誓与舰队共存亡——北洋水师提督丁汝昌》

丁汝昌处在清朝政府的腐朽和李鸿章的专断下，难以施展爱国的抱负，壮志未酬，愤恨而终。但丁汝昌为建立近代海军作出的巨大贡献，带领北洋舰队爱国官兵勇抗强敌的英雄事迹，将永远为后代所传颂。

《镇南关上凯歌扬——抗法老英雄冯子材》

1885年中法战争中，年逾古稀的冯子材为抵御外国侵略，勇赴国

开民智以报国　普新知而图强

难，大败法军于镇南关，并乘胜追击，接连收复文渊、谅山等地，从根本上扭转了中法战争的局面，成为近代民族英雄的杰出代表。

《屡败法军逞英豪——黑旗军将领刘永福》

刘永福是黑旗军的创建者，是农民出身的杰出军事家、政治活动家。在19世纪发生的援越抗法、中法战争中，他率部与帝国主义侵略者进行了殊死的战斗，建立了卓越的功勋，成为我国近代史上著名的民族英雄，为后世所景仰。

《矢志变法强国家——戊戌变法领袖康有为》

康有为是清末民初最有影响力的思想家之一。他领导了中国知识界的启蒙运动，掀起了一场自上而下的政体改革。他最早在中国提出了立宪政体和具体的宪政方案，主张在坚持儒家传统和帝制的前提下，学习西方经验，他的进步思想对近代中国具有深远的影响。

《开民智以报国 普新知而图强——戊戌变法思想家梁启超》

梁启超，中国近代史上著名的政治活动家、启蒙思想家、史学家、文学家、戊戌变法领袖之一。本书以百日维新思想家梁启超的成长过程为线索，以代表性的历史故事为主要内容，还原真实的历史事件，突出鲜明的人物性格。

《我自横刀向天笑——维新志士谭嗣同》

谭嗣同在民族危机的严重时刻，投身改革救中国的洪流。为了带给祖国一个光明的未来，紧要关头，他挺身而出，用自己的鲜血激励后人，把宝贵的生命献给了变法事业。

《睡乡敢遣警世钟——用生命警策国人的陈天华》

陈天华是民主革命的活动家和宣传家。他写的《猛回头》《警世钟》等书，起到了革命启蒙的重大作用。为了激发留日学生的爱国情怀，他不惜投海自杀，演出了近代史上感人至深的一幕，给后人留下了难忘的印象。

《革命军中马前卒——民主斗士邹容》

革命乃"至尊极高，独一无二，伟大绝伦之一目的"；它是"天演之公例，世界之公理，顺乎天而应乎人"的伟大行动。因此，必须"仗义群兴革命军"。他激情高呼："革命独子万岁！中华共和国万岁！"这就是《革命军》的作者，中国近代著名资产阶级革命宣传家邹容。

《休言女子非英物——鉴湖女侠秋瑾》

为民族解放和妇女解放而英勇斗争的秋瑾，冲破封建礼教的思想牢笼，打碎封建精神枷锁，崇仰真理，追求光明，主张共和，坚持男女平等，最终献出了自己年轻的生命。

《血溅校场　杀身成仁——民主斗士徐锡麟》

本书讲述了反清志士徐锡麟弃文从武、投身反清革命事业，最终被清政府杀害的故事。出于对国家的热爱，徐锡麟献出自己的生命，他的事迹将永远激励后人深切缅怀这位民主革命的先驱。

《生可死耳　我志长存——献身民主的禹之谟》

禹之谟，民主革命党人，同盟会会员，近代资产阶级革命家、实业家。1886年，20岁的禹之谟"提三尺剑，挟一卷书"游历四方，研究西方社会政治学说，忧国忧民之心日趋强烈。戊戌变法失败，他丢掉改良幻想，倡革命救亡之说，走上民主革命道路。

《物竞天择　适者生存——资产阶级启蒙思想家严复》

严复是中国近代著名的启蒙思想家、翻译家和教育家。他长期从事教育和翻译事业，为近代中国人才培养和思想启蒙做出了重要贡献，同时他也为中国的翻译事业和中西思想文化交流做出了重要贡献。

《辛亥革命急先锋——资产阶级革命家黄兴》

黄兴，清末民初资产阶级革命家，中华民国开国元勋。黄兴在武昌首义及辛亥革命时期的爱国表现，与孙中山闻名于当时，常被时人以"孙黄"并称。本书以资产阶级革命活动实干家黄兴的成长过程为线索，歌颂了先辈伟大的爱国主义精神。

《矢志革命　百折不回——近代民主革命家廖仲恺》

廖仲恺追随孙中山踏上了创立民国与捍卫共和制的旧民主主义革命

开民智以报国　普新知而图强

之路；在新民主主义革命时期，他为建立、巩固首次国共合作和实施三大政策，英勇奋斗，为国殉职，洒尽了一腔热血。

《将军拔剑南天起——护国英雄蔡锷》

蔡锷是中国近代史上的杰出军事家、爱国者。他的一生短暂而伟大。辛亥革命爆发，他毅然投身于革命洪流之中，领导云南重九起义，对武昌起义积极响应。袁世凯窃国复辟、恢复帝制的阴谋暴露出来以后，他又毅然举起了武装讨袁的旗帜。

《反帝反封建运动——五四青年的爱国故事》

五四运动是一次伟大的反帝反封建的爱国运动；是一个伟大的历史转折点；是中国人民的斗争从挫折走向胜利的一个关节点，它为中国的前进开辟了一条全新的道路，拉开了中国新民主主义革命的序幕。

《思想自由　兼容并包——著名教育家蔡元培》

蔡元培是中国近现代著名的民主革命家和教育家，一生经历风雨，却始终信守爱国和民主的政治理念，致力于废除封建主义的教育制度，奠定了我国新式教育制度的基础，为我国教育、文化、科学事业的发展做出了富有开创性的贡献。

《为国家争光　为民族争气——中国铁路之父詹天佑》

詹天佑是我国最早的杰出铁道工程师，因主持建造京张铁路而闻名中外，被誉为"中国铁路之父"。他为祖国的铁路事业贡献了毕生的精力。本书向读者展示了詹天佑热爱祖国、科技兴国的辉煌人生。

《实业救国　衣被天下——轻工之父张謇》

张謇是爱国实业家、教育家。他年轻时中过状元。过了40岁，开始投身工商实业活动中，他的名言是"富民强国之本在于工"。在南通，创办大生丝厂、银行等各种实业。并将创办实业的大部分所得投入教育。他的观点是，教育和实业一样，也是"富强之大本"。

《心向革命　追求光明——平民将军冯玉祥》

冯玉祥将军"是一位从旧军人转变而成的坚定的民主主义战士"。

抗日战争期间，他辗转各地，用实际行动积极抗战。日本战败投降后，他为了断绝美国的援蒋内战，又在美国四处演说，揭露蒋介石统治之黑暗，痛斥美国阴谋分裂中国的不良行为。

《刑场上的婚礼——革命烈士周文雍　陈铁军》

周文雍是广州起义的主要领导人之一。陈铁军出身于华侨商人家庭，却毅然投身革命洪流。1928年1月，两人接受派遣，回到广州假扮夫妻从事革命斗争，却不幸被捕。临刑前，两位烈士将敌人的枪声当作自己婚礼的礼炮，用生命和爱情谱写出一曲千古绝唱。

《星星之火　可以燎原——井冈山斗争的故事》

1927—1929年，毛泽东、朱德等老一辈革命家，在井冈山创建了农村革命根据地，进行了艰苦卓绝的斗争，建立了新型革命武装，点燃了工农武装革命之火，找到了农村包围城市最后夺取政权的中国革命的正确道路。

《新民学会的主要发起人——中国共产党早期革命家蔡和森》

蔡和森青年时期曾与毛泽东等人一起组织进步团体新民学会，参加五四运动，并在赴法国勤工俭学时研读大量马克思主义著作，回国后以满腔热忱投身革命事业，成为中国共产党早期重要的理论家和宣传家。

《威震黄浦江畔　高奏抗日壮歌——一·二八淞沪抗战》

面对日本侵略者的挑衅，十九路军在蒋光鼐、蔡廷锴的带领下，高举义旗，奋力一搏。一·二八淞沪抗战，是中国军人捍卫军人荣誉和祖国尊严所发出的吼声，谱写了一曲抗击日军侵略的英雄壮歌。

《将军恨不抗日死——慷慨就义的吉鸿昌》

在国难深重的20世纪30年代，吉鸿昌将军因拒绝执行国民党指示，坚决不打内战，被迫携眷出国"考察"。回国后，他加入中国共产党，组织了民众抗日同盟军，英勇打击日本侵略者，后于1934年11月被国民党反动派杀害。

《献身革命　甘于清贫——梅岭忠魂方志敏》

　　大革命失败后，方志敏凭着"两条半步枪"起家，身经百战，创建了赣东北革命根据地和红十军。本书真实记录了方志敏投身于革命、领导红军和敌人进行艰苦卓绝斗争的经历，歌颂了烈士贫贱不移、威武不屈、献身革命的高尚品质。

《奏响中华最强音——人民音乐家聂耳》

　　聂耳在他有限的生命中创作了数十首革命歌曲，在抗日救亡运动中，聂耳的这些歌曲产生了广泛深远的影响。他的音乐创作为中国无产阶级革命音乐的发展指明了方向，树立了榜样。

《横眉冷对千夫指——中国文化革命主将鲁迅》

　　鲁迅不但是伟大的文学家，而且是伟大的思想家和伟大的革命家。在那风雨如晦的黑暗年代里，他以笔为投枪，同一切帝国主义和反动派进行了顽强的战斗，为中国人民树立了一个不朽的丰碑。他是新文化战线上的一面光辉旗帜，是我们伟大民族的灵魂。

《铁流两万五千里——红军长征的故事》

　　红军长征是人类历史上的一次伟大的壮举。第五次反"围剿"失败后，中国工农红军的三大主力在极端艰难的条件下，突破国民党军队的围追堵截，进行了史无前例的战略大转移，总行程达两万五千里以上。途中发生了许多动人故事，至今令人难以忘怀。

《荣辱不移革命志——创建陕北红军的刘志丹》

　　刘志丹是杰出的无产阶级革命家、军事家，西北红军和西北革命根据地的主要创始人之一。他一生热爱人民，追求真理，英勇善战，百折不挠，艰苦奋斗，忠心赤胆，为创建红军和革命根据地、为中国人民的解放事业建立了不可磨灭的功勋。

《英名永存北平城——爱国将领佟麟阁　赵登禹》

　　1937年7月28日，日军向北平郊区发动进攻。第二十九军副军长佟麟阁奉命在南苑率部与日军苦战，腿部受伤，头部被敌机炸伤，壮烈殉国。第一三二师师长赵登禹指挥部队顽强抵抗日军，右臂中弹负伤，仍继续作战。后在转移途中遭日军截击而牺牲。

《八百壮士　四行仓库铸军魂——谢晋元和他的战友们》

八一三抗战，中国军人以血肉之躯揭开全面抗战的帷幕。这是一场血战，是中国军人不屈不挠的英雄诗篇，其中的八百壮士守四行，成为这首英雄颂歌中最动人、最凄美的音符。一曲四行保卫战，铸就了不屈的军魂。

《八女投江　气贯长虹——八位抗联女战士》

抗日战争时期，以冷云为首的东北抗日联军8名女战士，为捍卫民族尊严，面对凶残的日寇，镇定自若，宁死不屈，投江殉国，表现了中华民族同敌人血战到底的英雄气概。她们的光辉形象，激励着千千万万的后来人。

《艰苦抗战　威震敌胆——著名抗日英雄杨靖宇》

杨靖宇将军是我国著名的抗日民族英雄。曾先后担任磐石游击队政治委员、东北抗日联军第一军军长兼政委、抗日联军总司令等职。领导军民对日寇坚持了长达9个年头的艰苦卓绝的斗争，最终以身殉国。

《死也不当亡国奴——镜泊抗日英雄陈翰章》

陈翰章，从1932年8月投笔从戎，直到1940年12月8日为抗击日本侵略者，战死在镜泊湖畔。他在抗日疆场上奋战了九年，他那可歌可泣的英雄事迹将为人们永世传颂。

《名将殉国　气壮山河——抗日将军张自忠》

著名抗日将领、民族英雄张自忠，生于忧患的时代，抱有"宁为百夫长，胜作一书生"的志向，经历过失败与低谷，最终成就了慷慨人生。本书主要以人物活动为主，勾画出一个真正的"民族魂"鲜活的人生，会带给读者振奋的力量。

《宁死不辱战士名——狼牙山五壮士》

1941年日寇在河北易县"扫荡"。为掩护群众和主力部队撤退，五位八路军战士毅然把敌人引上了狼牙山棋盘坨峰顶绝路。弹尽粮绝、无路可退，五位英雄纵身跳下了万丈悬崖，用生命和鲜血谱写出一曲惊天地泣鬼神的壮举。

《太行浩气传千古——抗日名将左权》

左权，中国工农红军和八路军高级指挥员，著名军事家。是八路军在抗日战场上牺牲的最高指挥员。名将阵亡，太行山为之垂首，全党为之悲痛。周恩来称他"足以为党之模范"，朱德赞誉他是"中国军事界不可多得的人才"。

《虎将兴关外　抗倭统雄师——抗联英雄赵尚志》

本书描写了久经考验的共产党员、东北抗联的创建者和主要领导人赵尚志，在艰苦卓绝的条件下，坚持抗战，威震敌胆，战功卓著，忍辱负重，忠贞不屈，为国捐躯的英雄故事，为青少年读者呈上一部爱国主义的佳作。

《黄埔之英　民族之雄——抗日名将戴安澜》

抗日名将戴安澜，先后参加保定、漕河、台儿庄、武汉、昆仑关等战役，作战英勇，屡建奇功；入缅作战，"扬威国外，藉伸正义"；守东瓜，复棠吉；殒身缅北，遗恨丛林，马革裹尸，成就了光辉的一生。

《爱国志士　民主先锋——新闻出版家邹韬奋》

本书讲述了邹韬奋献身新闻出版事业的奋斗历程，展现了一位新闻工作者坚定的革命信念和炽热的爱国主义精神，全心全意为人民服务、为读者服务的奉献精神，歌颂了他的高尚情操和优良品质。

《为抗战发出怒吼——人民音乐家冼星海》

人民音乐家冼星海，青年时期在巴黎求学，饱尝屈辱与磨难；学成后毅然回到多灾多难的祖国，用满腔热忱谱写激昂的音乐，鼓舞中华儿女的斗志；奔赴延安，谱写出不朽的名作《黄河大合唱》，发出中华民族抗日救亡的怒吼。

《全民皆兵　抗击日寇——抗日战争的故事》

中国人民进行的十四年抗战，是一百多年来中国人民反对外敌入侵第一次取得完全胜利的民族解放战争。这场战争是以国共两党合作为基础，有社会各界、各族人民、各民主党派、抗日团体、社会各阶层爱国人士和海外侨胞广泛参加的全民族抗战。

《捧着一颗心来　不带半根草去——人民教育家陶行知》

陶行知是我国现代教育史上伟大的人民教育家、教育思想家。他从青年起就立志献身教育事业，以"捧着一颗心来，不带半根草去"的赤子之心，为人民的教育事业鞠躬尽瘁。

《为民主与和平拍案而起——民主斗士闻一多》

闻一多早年与梁实秋等人发起成立清华文学社。赴美留学期间由对祖国的深深眷恋而创作著名的《七子之歌》。后在西南联大任教8年，积极投身于抗日运动和争取民主的斗争，发表了著名的《最后一次讲演》。

《铁窗难锁钢铁心——革命先烈王若飞》

王若飞是我党早期杰出的无产阶级革命家。在艰苦卓绝的斗争中，他出生入死，屡建奇功，以超人的睿智和胆略，在敌人的监狱中，同敌人展开了殊死的较量，为抗战的胜利和新中国的诞生做出了卓越的贡献。

《横扫千军　还我河山——抗联名将李兆麟》

李兆麟是东北抗日联军创建人之一，他率领抗日联军历尽千难万险与日本侵略者浴血奋战，在极其艰苦的条件下，保存了抗日联军的有生力量，为东北光复做出了重大贡献。

《锄头开出新天地——解放区大生产运动》

为了解决困难，渡过难关，党中央号召党政军民齐动手，开展大生产运动。中国共产党在其控制区域内发动的一场军队屯田和鼓励生产的群众运动，达到了自己动手丰衣足食，共度难关，既进行革命又进行生产自足的目的。

开民智以报国　普新知而图强

——戊戌变法思想家梁启超

《生的伟大　死的光荣——女英雄刘胡兰》

刘胡兰，坚贞不屈的少年女英雄。生前对我国劳动人民的解放事业无限忠诚，在敌人威胁面前，大义凛然，毫无惧色，英勇牺牲，表现了共产党员的高贵品质。

《饿死不领美国救济粮——爱国知识分子的楷模朱自清》

朱自清作为爱国知识分子的典型，以锐利的笔锋直言痛斥反动政府的暴行，体现了他崇高的爱国情怀和不畏恶势力的精神品格。毛泽东曾给朱自清先生以高度评价："一身重病，宁可饿死，不领美国的'救济粮'"，"表现了我们民族的英雄气概"。

《为了新中国前进——舍身炸碉堡的董存瑞》

伟大的英雄，中国人民的儿子董存瑞，从儿童团长成长为一名光荣的解放军战士，在1948年解放隆化县城时，舍身炸碉堡，为新中国献出了自己年轻的生命。他的英雄形象永远留在人民心里。

《宁死不屈的共产党员——革命烈士江竹筠》

江竹筠，就是著名的江姐。1947年春，她负责《挺进报》工作，只几个月的时间，报纸就发行到1600多份，引起了敌人的极大恐慌。由于叛徒出卖，江姐不幸被捕，惨遭毒刑的残酷折磨，仍坚贞不屈。最后被特务秘密枪杀，年仅29岁。

《抗美援朝　保家卫国——志愿军的战斗故事》

抗美援朝战争是中国人民志愿军为援助朝鲜人民、保卫祖国安全，与美国为首的"联合国军"发生的战争。在朝鲜牺牲的志愿军烈士们，他们英勇的战斗事迹、保家卫国的精神值得我们发扬光大。

《上甘岭上壮烈歌——黄继光和他的战友们》

在1952年10月的上甘岭战役中，黄继光和他的战友们在零号阵地半山腰被敌机枪火力点压制，此时，黄继光身上已经多处负伤，手雷也已全部用光。为了完成任务，减少战友的伤亡，他用自己的胸膛堵住正在扫射的敌机枪射孔，为反击部队扫清了前进的道路。

《诗书印画　全入神品——国画大师齐白石》

齐白石出身贫寒，做过农活，当过木匠，后改学雕花木工，从民间画工入手，摹古人真迹，学诗文书法，融汇古今，而诗、书、印、画俱佳；他将中国画的精神与时代的精神统一得完美无瑕，使中国画得到国际的重视，无愧于"国画大师"的称号。

《毕生为文化而奋斗——中国第一出版家张元济》

张元济参与、主持和督导商务印书馆近六十年，使其从简单的印刷企业转变为当时中国教育出版的旗帜。张元济一生爱书，在中华大地动荡不安的年代里，他用自己对文化的热爱，续存着中华民族灿烂悠久的文明之光。

《独树一帜　梨园大师——著名京剧表演艺术家梅兰芳》

梅兰芳，京剧大师，演唱风格独树一帜，世称"梅派"。曾先后赴日本、美国、苏联演出，并荣获美国波摩那学院和南加州大学的荣誉文学博士学位。作为一位爱国者，抗战期间蓄须明志，拒绝为日本人演出，为后世称颂。

《华侨旗帜　民族光辉——爱国侨领陈嘉庚》

陈嘉庚是著名的爱国华侨领袖、企业家、教育家、慈善家、社会活动家。他为辛亥革命、民族教育、抗日战争、解放战争、新中国的建设做出了卓越的贡献。生前被毛泽东誉为"华侨旗帜、民族光辉"。

《向雷锋同志学习——伟大的共产主义战士雷锋》

雷锋，一个平凡而伟大的共产主义战士，一心向着党，一生秉承着全心全意为人民服务、无私奉献的崇高思想；发扬刻苦学习和钻研理论的"钉子"精神；坚持勤俭节约、艰苦奋斗的优良作风。毛泽东为其题词："向雷锋同志学习。"

《人民的好公仆——县委书记的好榜样焦裕禄》

焦裕禄，被誉为县委书记的好榜样。他用自己的革命精神，展开了与大自然、与社会落后现象、与病魔的多重抗争，让我们领略到一个共产党人的生之伟大、死之壮美的人格品质和具有现实教育意义的精神魅力。

《文学巨匠　京味大师——人民作家老舍》

老舍是我国现代小说家、文学家、戏剧家。他用融入骨髓的真诚文字反映生活的喜怒哀乐。老舍的一生，总是在忘我地工作，他是文艺界当之无愧的"劳动模范"，生前被北京市人民政府授予"人民艺术家"的称号。

《革命老人——无产阶级教育家徐特立》

徐特立是一代伟人毛泽东的老师。他出生在贫苦家庭，大部分时间生活在动荡艰苦的年代；他刻苦勤奋，不畏艰辛，追求光明，一生勤俭，为革命培养了大量的人才；他对党和人民任劳任怨，鞠躬尽瘁。他坎坷奋斗的一生，留下了许多可歌可泣的故事。

《人生能有几回搏——新中国第一个世界冠军容国团》

容国团先后担任中国乒乓球队运动员、女队主教练。获得1959年男子单打世界冠军；1961年夺得男子团体世界冠军；作为中国女队主教练，1965年率女队第一次夺得女子团体世界冠军。他的"人生能有几回搏"的豪言，举国传诵。

《石油工人一声吼　地球也要抖三抖——铁人王进喜》

王进喜，新中国第一批石油钻探工人。他为祖国石油工业的发展和社会主义建设立下了不朽的功勋，在创造了巨大物质财富的同时，还给我们留下了宝贵的精神财富——铁人精神。他被评为"百年中国十大人物"，写入中华民族的光辉史册。

《做人民需要我做的事——著名地质学家李四光》

李四光是一位伟大的科学家，他一生从事地质学研究工作，足迹遍布祖国的山川，为祖国探明了许多地下宝藏；他创建了崭新的学说——地质力学；他历尽重重困难，为正确认识地质构造开辟了一条新路。

《中国化学工业的先驱——著名化学家侯德榜》

为摆脱纯碱需要进口的窘况，20世纪初，怀着"实业救国"梦想的中国化工先驱侯德榜等人创办了永利碱厂，并立志生产出中国人自己的碱。1926年，永利碱厂终于成功地生产出"红三角"牌纯碱，从此中国制碱业得以跨入世界先进行列。

《毕生求是 一丝不苟——著名科学家竺可桢》

著名科学家竺可桢献身科学研究；治学严谨，一丝不苟；一生廉洁，两袖清风；作风民主，爱护学生。他以爱国之心、报国之志，从一个民主主义者逐渐成长为一个共产主义战士。

《热爱自然的大地之子——著名植物学家蔡希陶》

蔡希陶，五十载风雨，五十载坎坷，五十载奋斗，五十载开拓，为了发现对人类生产、生活有用的植物及新物种的引进而做出巨大贡献，在中国的植物资源学史上将永远镌刻着他的名字。

《高洁无私的襟怀——知识分子的楷模蒋筑英》

蒋筑英是中国当代知识分子的先锋典范，他不为名，不为利，尊重科学；他以坚忍的毅力和顽强的作风，在科学的道路上呕心沥血，鞠躬尽瘁，无私地奉献了青春和生命。

《迎接新生命的天使——卓越的妇产科专家林巧稚》

林巧稚是国内外享有盛誉的妇产科专家。在五十多年的医学教育和临床实践中，林巧稚亲自接生了五万多婴儿，治愈了数千病人，培养了数以百计的专门人才，为我国的妇女儿童事业做出了不可磨灭的贡献。

《独自成千古 悠然寄一丘——国画大师张大千》

张大千是20世纪中国画坛最具传奇色彩的国画大师，无论是绘画、书法、篆刻、诗词无所不通。在艺术界深得敬仰和追捧，艺术家们用真挚的感情，用绘画和雕塑展现了"张大千"多彩的艺术形象。

《建造中国的通天塔——著名数学家华罗庚》

中国当代著名数学家华罗庚，为中国数学的发展做出了无与伦比的贡献，他是中国解析数论、典型群、矩阵几何等多方面研究的创始人与开拓者，也是我国最早将数学理论研究与生产实践紧密结合的科学家。

《问鼎长天　强我国威——两弹元勋邓稼先》

邓稼先是我国著名科学家，参加组织和领导我国核武器的研究、设计工作，从对原子弹、氢弹原理的突破和试验成功及其武器化，到新的核武器的重大原理突破和研制试验，作出了重大贡献。是我国核武器理论研究工作的奠基者之一，被誉为"两弹元勋"。

《敢叫天堑变通途——桥梁专家茅以升》

中国著名的桥梁专家茅以升从小立志为祖国建造桥梁，经过不懈努力，他不仅设计建造了一座座宏伟壮观、坚固实用的道路桥梁，而且搭建了一座座友谊之桥，为祖国建设作出了卓越贡献。

《蘑菇云之梦——核物理学家钱三强》

被誉为"中国原子弹之父"的核物理学家钱三强，更名后立志于科技报国；24岁投师于世界著名核物理学家居里夫妇；与夫人何泽慧合作，发现铀的"三分裂""四分裂"现象；统领我国的原子大军，做了大量创造性工作。

《两离桑梓地　满怀雪域情——领导干部的楷模孔繁森》

孔繁森，是一位一尘不染、两袖清风的好干部。两次进藏工作，历时十载，为西藏的建设、发展和稳定作出了突出的贡献。1994年11月，孔繁森不幸以身殉职。人民群众称他为新时期领导干部的楷模。

《摘取数学皇冠上的明珠——著名数学家陈景润》

陈景润是享誉世界的数学家，为了证明"哥德巴赫猜想"，他以惊人的毅力在数学领域里艰苦跋涉，终于攻克了世界著名数学难题"哥德巴赫猜想"中的"1＋2"，创造了中国乃至世界数学史上的辉煌。

《学术独步　饮誉四海——享有国际威望的科学家卢嘉锡》

卢嘉锡是一位在国际科学界享有崇高威望的物理化学家、化学教育家和科技组织领导者。1945年，卢嘉锡满怀"科学救国"的热忱回到祖国，对中国原子簇化学的发展起了重要推动作用，他所指导的新技术晶体材料科学研究，也取得了重大成绩。

《德艺双馨　梨园楷模——著名豫剧表演艺术家常香玉》

常香玉1941年赴陕甘演出。1948年在西安创办香玉剧社。1951年为支援抗美援朝，率剧社巡回西北、中南、华南各地演出，以演出收入捐献"香玉剧社号"战斗机一架，素有"爱国艺人"之誉。

《文学大师　激流勇进——著名作家巴金》

本书以巴金生平和主要事迹为线索，回顾和展示现代著名作家巴金的一生，以期让人们看到巴金在这风云变幻的100多年中，有过成功的欢欣，有过屈辱的磨难，有过痛苦的忏悔，有过平静的安宁。巴金的人生，映照着一代中国五四知识分子坎坷而不平凡的命运。

《壮心系科学　孜孜为国昌——理论化学家唐敖庆》

本书讲述了唐敖庆从出国求学、学业有成、回国任教，到服从安排、艰苦工作、刻苦钻研，最终成为中国量子化学奠基者的过程。让人们看到了这位著名化学家的赤心爱国、严谨治学、大公无私的崇高品格和科研上的卓越成就。

《中国导弹之父——著名科学家钱学森》

当第一颗原子弹升空的时候，当中国的人造卫星奏响《东方红》的时候，当中国运载火箭腾空而起的时候，当中国研制的导弹准确命中目标的时候，人们都会想起他的名字：中国导弹之父钱学森。

《中国近代力学的奠基人——著名科学家钱伟长》

钱伟长曾以中文和历史两个100分的成绩考入清华大学。九一八事变后，钱伟长毅然放弃了文科的学习而转为理科。他是中国近代力学、应用数学的奠基人之一，在固体力学、流体力学以及航空航天领域，取得了卓越的成就，为新中国的现代化建设付出了毕生的精力。

《中国光学科学的奠基人——著名科学家王大珩》

王大珩是我国著名的科学家，中国光学科学的奠基人。他先在清华就读，后赴英国求学，学业有成，立志科学救国，其成就享誉神州。他以科学的求是精神和赤诚的爱国情怀，探索着中国光学发展的闪光之路。